A-Z
de los hechizos mágicos

Para mi querida amiga Morgana de Morgana's Chamber, New York.

La autora

Elen Hawke vive en Inglaterra, en la hermosa e histórica ciudad de Oxford. Ha sido pagana durante muchos años, iniciada en el sendero druida y la wicca (descendiente en línea directa de Gerald Gardner). Es astróloga y lectora del tarot, además de fotógrafa e ilustradora. Para averiguar más acerca del trabajo de Elen, visite www.witchcraft.org/elenhawke.htm.

Correspondencia a la autora

Para contactar o escribirle a la autora, o para mayor información sobre este libro, envíe su correspondencia a Llewellyn Español para ser remitida a la autora. La casa editorial y la autora agradecen su interés y sus comentarios sobre la lectura de este libro y sus beneficios obtenidos. Llewellyn Español no garantiza que todas las cartas enviadas serán contestadas, pero le asegura que serán remitidas a la autora.

Por favor escribir a:

Elen Hawke
% Llewellyn Español
P.O. Box 64383, Dept. 0-7387-564-0
St. Paul, MN 55164-0383, U.S.A.

Incluya un sobre estampillado con su dirección y $US 1.00 para cubrir costos de correo. Fuera de los Estados Unidos incluya el cupón de correo internacional.

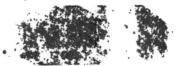

TRADUCCIÓN AL IDIOMA ESPAÑOL
HÉCTOR RAMÍREZ Y EDGAR ROJAS

Llewellyn Español
St. Paul, Minnesota 55164-0383, U.S.A.

Primera Edición
Primera impresión, 2004

Coordinación y edición: Edgar Rojas
Diseño del interior: Karin Simoneau
Diseño de la portada: Gavin Dayton Duffy
Traducción al idioma español: Héctor Ramírez y Edgar Rojas

Library of Congress Cataloging-in-Publication Data (pending).
Biblioteca del Congreso. Información sobre esta publicación (pendiente).

ISBN: 0-7387-0564-0

Llewellyn Español
Una división de Llewellyn Worldwide, Ltd.
P.O. Box 64383, Dep. 0-7387-0564-0
St. Paul, MN 55164-0383, U.S.A.
www.llewellynespanol.com

Impreso en los Estados Unidos de América

Como siempre, debo dar las gracias a mi familia y amigos por su constante apoyo, y a Karin, mi editora de la versión original en inglés, quien hizo su magia para convertir mi materia prima en un producto acabado que me llena de orgullo.

MAGIA

Cualquiera puede hacer magia. Esta parece una afirmación extraña en vista de la dramática representación de la magia en los medios de comunicación, y el enfoque complicado y místico usado por los autores de algunos libros de hechizos. Pero es verdad: la magia es muy simple; emplea fuerzas naturales y puede incorporar ingredientes mundanos y cotidianos. También puede usar las herramientas de la hechicería, tales como el athame, la varita mágica, el pentaclo y el calderón, y hay muchos libros buenos de los cuales puede aprender las funciones de estos elementos. También podría trabajar sólo con las manos o con herramientas improvisadas. Escoja el método que más se ajuste a usted y con el cual se sienta mejor: tal vez descubra lo que funciona mejor experimentando, y su método preferido puede incorporar un poco de todo.

La magia puede ser tan complicada o sencilla como la hagamos. Podemos comprar artículos esotéricos: velas de diferentes formas y colores, con graduaciones para tiempos de quema específicos; inciensos mezclados en las apropiadas fases de la Luna con base en ingredientes cosechados en el día de la semana más propicio; implementos rituales hechos a mano; libros de las sombras hechos de pergamino o papel vitela, y escritos con tinta negra. También podemos utilizar lo que encontremos, ya sea semillas y frutas de la cocina, hierbas del jardín, y cualquier pluma, botón, cinta, abalorio o trozo de papel que esté disponible. Lo importante de la magia es ser creativo y flexible, e infundirle al hechizo entusiasmo, energía y la creencia en sí mismo y el propósito. De esa forma veremos los mejores resultados.

Es mejor limpiar los materiales para hechizos, a fin de liberarlos de anteriores vibraciones que podrían distorsionar el trabajo mágico (vea el hechizo de "Purificación" de la página 104).

Recuerde que los elementos de apoyo que emplee para su trabajo mágico sólo pueden hacer su trabajo si usted cree que obtendrá resultados; las velas de colores y los inciensos no reemplazan el poder de la mente. La magia es un intercambio energético, así que si quiere un resultado positivo, debe concentrarse mucho en su trabajo, generar poder y visualizar. La energía que emplee en su hechizo será transformada en el resultado por el que se está esforzando. Sin embargo, la magia no sustituye las acciones prácticas ni el sentido común; de este modo, si necesita más dinero, por ejemplo, el primer paso es buscar formas de conseguirlo, y luego use la magia para estimular su plan.

La fuerza usada para realizar algunos hechizos es llamada energía etérica. Está presente todo el tiempo, en el aire que respiramos, en la comida que ingerimos. Generamos más energía a través del ejercicio, el sexo, las emociones, escuchando música, etc. Es posible experimentarla intensamente frotando las manos con rapidez, separando las palmas, una frente a la otra, y luego juntándolas. Si hace esto sentirá una especie de resistencia, que es la energía etérica que ha aumentado con sus acciones. Cuando un hechizo requiere que usted dirija energía, se asume que la ha generado bailando, tocando tambor, cantando o participando en otra actividad que aumente la fuerza etérica. Su mente hace el trabajo de infundirle poder al hechizo: si imagina un haz de luz blanca fluyendo en una vela que sostiene en sus manos, entonces ese poder realmente estará entrando en el material de la vela, incluso si sus ojos físicos no pueden ver dicha energía. En el trabajo mágico, la fuerza de la imaginación lo es todo. Algunos hechizos, por supuesto, no requieren que dirija energía, sino simplemente cantar ciertas palabras o imaginar un resultado; pero incluso en estos casos estará cargando el trabajo mágico con el poder de las palabras o la mente, que tienen su propia energía etérica. Así que no se preocupe por "hacerlo bien", sólo siga las instrucciones del hechizo.

No tiene que estudiar durante años para dominar la realización de los hechizos, aunque sería bueno aprender primero algunas reglas básicas de sentido común. La regla más importante es que siempre especifique no perjudicarse a sí mismo ni a alguien más para cumplir sus deseos. También debe respetar el libre albedrío de otras personas. Un buen punto a recordar es que la magia, como cualquier otra fuerza natural, tomará el camino de menos resistencia, por eso debe asegurarse de que su fraseología y sus intenciones excluyan cosas perjudiciales: por ejemplo, la forma más fácil de conseguir un ascenso es que sea despedida la persona que tiene el puesto superior; este no es un resultado ético o deseable. Si va a emplear energías mágicas para lograr sus objetivos, entonces debe aceptar las consecuencias kármicas de los hechizos egoístas o inconsiderados. Un hechizo mal realizado también puede repercutir sobre usted, posiblemente con resultados muy desagradables. Con un poco de atención y cuidado adicional, los hechizos pueden ser formulados de una forma que tenga en cuenta el libre albedrío, la seguridad y el bienestar de todos, mientras logra los resultados que desea.

El otro factor importante es que la magia a menudo debe ser hecha en el tiempo apropiado para que se ajuste a las energías creciente y menguante de la Luna, y de este modo los hechizos para aumento tomen lugar cuando la Luna sea creciente, mientras los de disminución son programados para seguir las energías lunares menguantes. Los hechizos de este libro especificarán si una fase lunar particular es apropiada.

Esté preparado para el hecho de que la magia lo cambiará. En el momento en que decida tomar el control de su propia vida lanzando hechizos para alterar sus circunstancias, también empezará a transformarse. Las poderosas energías involucradas en la magia trabajan en un nivel muy profundo. Si hace magia egoísta, entonces será más egoísta y menos amable. Si usa sus poderes sabiamente, teniendo en cuenta la ética, y con intenciones positivas para sí mismo y el resto de la creación, gradual y sutilmente adquirirá más conocimiento en la vida, un mayor sentido de su propio propósito espiritual; será una persona más realizada.

Todos los hechizos de este libro han sido creados por mí. Algunos de ellos fueron tomados de mis notas personales y Libros de las Sombras, recopilados a lo largo de muchos años, y otros han sido inventados recientemente. Todos funcionarán si cree que eso pasará. Cada hechizo creado fue escrito por alguien en algún lugar para ajustarse a un requerimiento o una situación actual. Siéntase libre de alterar los hechizos presentados aquí, o de experimentarlos o usarlos como base para los suyos. Los mejores hechizos eventualmente serán los que usted mismo invente para una necesidad o propósito específico.

Finalmente, unas palabras respecto al uso de cristales y otros minerales. Debido a la codicia que existe por estos regalos de la naturaleza, con frecuencia son extraídos de formas que son incompatibles con la filosofía pagana. La dinamita y el mineraje a tajo abierto destruyen algunas áreas de campo y desplazan a pueblos nativos. Si desea incorporar cristales en el trabajo mágico, use algunos que ya posea, o cómprelos de fuentes donde hayan sido obtenidos naturalmente, por ejemplo de la orilla del mar o cauces, o donde la explotación minera sea hecha a una pequeña escala que no perturbe demasiado el entorno local. Los cristales absorben el ambiente psíquico, así que límpielos en una solución de agua fría y sal marina antes de usarlos, y frecuentemente limpie el que use o cargue regularmente —pero asegúrese de "decirle" a los cristales que retengan cualquier propósito mágico que haya imbuido en ellos—.

Abundancia

Si cree que carece de abundancia en algún aspecto de su vida, o le gustaría tener más abundancia en general, este hechizo lo ayudará. Todo lo que necesita es una pizca de mastuerzo, alfalfa u otras semillas comestibles, y una pequeña cantidad de abono o papel higiénico colocado en un recipiente o tazón.

Lance un círculo si lo prefiere, o de otra manera siéntese en un lugar tranquilo, por ejemplo frente a un altar o santuario, y prenda velas e incienso. Tome en sus manos el tazón de materiales en el cual hará germinar las semillas. Visualice energías de crecimiento penetrándolo (podría verlas verdes, doradas o de cualquier otro color que desee). Luego coloque las semillas en la palma de una mano, sobre ellas coloque la otra mano, y piense en la abundancia que espera tener. ¿Es buena salud, energía o bienestar material lo que desea? Sea específico. Imagínese disfrutando de riqueza, felicidad o lo que quiera. Asegúrese de pedir sólo las cosas que serán beneficiosas para usted y otras personas. Cuando esté listo, riegue las semillas en forma esparcida en el recipiente.

Ponga su hechizo de semillas en un sitio cálido y claro para que crezca. Riéguelo diariamente, pensando por un momento en su objetivo mágico mientras lo hace. Cuando las semillas estén listas, córtelas y agréguelas a un sándwich o una ensalada, luego cómalo, ingiriendo la abundancia y haciéndola parte de usted.

Aflicción

Actualmente hay una tendencia a olvidar a los seres queridos fallecidos poco después de que han muerto, casi forzándolos a seguir adelante y dejar atrás su vida terrenal. Esto no sólo es difícil para quienes todavía viven, sino muy cruel para esas almas que también están afligidas mientras se preparan para despedirse del hogar y la familia que han conocido por tanto tiempo. El duelo es una parte natural de la curación, para quienes quedan en el plano terrenal y los que hacen la transición al otro mundo. Las mascotas en particular necesitan permanecer cerca de nosotros por un tiempo mientras se adaptan a su nuevo estado.

Una forma de experimentar el proceso de duelo mientras se reconoce que la vida ha terminado, es crear un pequeño santuario para el ser querido fallecido. En este santuario, coloque fotos, flores y poemas o prosa que haya escrito para expresar sus emociones. Todos los días, prenda una vela frente a este lugar y siéntese un rato, transmitiendo pensamientos de amor y curación, y pidiendo que las almas que ya se encuentran en el mundo espiritual, y que lo conocen y aman a usted y a su ser querido recién fallecido, faciliten la transición del difunto. No reprima el llanto, pero piense también en recuerdos felices.

Cuando perdemos a alguien, la desaparición de su presencia y energía física deja un vacío que debe llenarse lenta y suavemente.

Esta práctica puede ser adaptada para ayudar en otras formas de duelo, por ejemplo cuando una relación termina o un hijo se independiza. Podríamos enojarnos con la persona que nos abandona. Hay que dejar fluir estos sentimientos; aunque pueden parecen ilógicos, son naturales y necesitan ser reconocidos antes de ser liberados.

Agudeza mental

Para agudizar la mente y aclarar sus poderes mentales, inhale el aroma de romero fresco, y adicione éste a platos de comida.

Alegría

Dibuje una cara sonriente en un papel. Prenda una vela anaranjada y póngala sobre el papel. Cada vez que la encienda, estará atrayendo a su vida un aura de alegría, confianza y optimismo.

Amor

Es una violación del libre albedrío de otra persona desarrollar magia que la haga enamorarse de uno; en realidad, nadie puede controlar las emociones de otro de esta forma, y lo mejor que podría suceder es que esa persona quede fascinada temporalmente de nosotros, pero cuando el encanto se acabe, nos sentiremos muy solitarios.

Sin embargo, es perfectamente aceptable y beneficioso hacer un hechizo para atraer amor a nuestra vida. La mayoría de hechizos de amor funcionan ayudando a aceptarnos más a nosotros mismos, y de este modo atraer naturalmente dicho sentimiento.

Este hechizo debe ser hecho en Luna creciente, y un viernes, el día de Venus, Freya y otras diosas del amor. Necesitará una vela de color rosado claro. Tanto mejor si también pone flores rosadas en su santuario. Podría quemar un incienso, tal como Isis, o uno que tenga pétalos de rosa —cualquier cosa que estimule un ambiente cálido y acogedor—.

Con un instrumento puntiagudo, inscriba la palabra "amor" en el centro de la vela. Lleve ésta a su corazón y concéntrese en la idea del amor. Sienta que este sentimiento sale del corazón hacia la vela. Empiece a crear una imagen de sí mismo rodeado de afecto, amistad y generosidad. No visualice a alguien en particular. Enfóquese en el concepto del amor mismo. Cuando esté listo, encienda la vela, diciendo:

Pido que el amor llegue a mí,
de cerca o de lejos hasta aquí,
que el amor crezca día a día con intensidad,
que venga a mi vida hasta la eternidad.

Deje que la vela se consuma completamente.

Amuleto de la suerte

os amuletos de la suerte, o amuletos de bolsillo, como a veces son llamados, pueden ser encontrados en toda Suramérica en diversas formas, y en puntos de venta de la Nueva Era en los Estados Unidos. A veces son hechos con una caja de cerillas grande con imágenes de santos o ángeles en el frente; a veces se usa un frasco de vidrio pequeño, para nombrar sólo dos variaciones. El contenido puede ser artículos metálicos, semillas, muñecos, tierra de un lugar sagrado, etc. Los amuletos de la suerte son cargados como objetos de buena fortuna. Usted puede hacer su propia versión de manera fácil y divertida.

Reúna los ingredientes que sean significativos para usted. Podría incluir hierbas tales como la salvia, el helecho, la amapola o la pimienta; una imagen o el nombre escrito de una deidad que considere importante; pequeñas chucherías tales como una herradura plateada; un cristal como el cuarzo claro, citrino o venturina; un trébol de cuatro hojas; más cualquier otro objeto que le represente buena suerte. Use su imaginación, y recuerde que éste será su amuleto personal, por eso es bueno que incluya lo que considere apropiado.

Decida qué clase de recipiente desea y luego adórnelo. Si prefiere usar una caja o lata, puede pintarla o

pegarle imágenes a su gusto; un frasco puede ser deco-
rado con pinturas de vidrio especiales o calcomanías
producidas artísticamente; un saquito puede ser hecho
con un tejido hermoso y luego adornado con pinturas de tela o bordados. Mientras prepara su recipiente, concéntrese en el concepto de buena suerte; asegúrese de tener en mente la intención de que esta suerte le llegue sin causarse daño a sí mismo ni privar de
algo a otras personas.

Cuando su recipiente esté listo, reúna el resto de los
ingredientes. Limpie todo como se describe en purificación, en la página 104, luego ponga el contenido
del amuleto en el recipiente y ciérrelo (si está usando un saquito, cóselo). Tome con ambas manos su
amuleto recién hecho y diga:

Que fuerzas universales beneficiosas,
bendigan este amuleto.
Que me traiga buena suerte y felicidad,
con el libre albedrío de todos,
y sin perjudicar a alguien.

Póngalo en un estante o santuario. Ahora párese
con los pies un poco separados y los brazos levanta-
dos. Imagine que está absorbiendo poder. Continúe
hasta que sienta el hormigueo de la energía pasando
por sus dedos hacia los brazos (esto puede tomar

varios minutos). Cuando esté listo, ponga sus palmas sobre el amuleto y deje fluir la energía hacia él, cargándolo para su posterior uso. Llévelo con usted o póngalo debajo de la almohada mientras duerme.

Anhelos

De vez en cuando todos anhelamos algo que no podemos obtener; eso es parte de ser humano. Queremos una relación, una casa, un empleo o algo que está fuera de nuestro alcance o es inadecuado. La magia puede ayudarnos a lograr muchos de nuestros objetivos, pero en ocasiones las cosas simplemente no están destinadas a darse. Si no ha conseguido lo que quiere a pesar de anhelarlo o desearlo con intensidad, debe dejar atrás esa idea por un tiempo. Permita que ocurra cuando sea el momento apropiado. Mientras tanto, lo siguiente le ayudará a desapegarse para que el universo pueda resolver este asunto por usted.

Haga una masa. No va a consumirla, por eso media taza de margarina (o mantequilla) y una taza de harina servirán. Mezcle la margarina y la harina, pensando en su deseo mientras lo hace. Agregue suficiente agua para compactar la masa, luego póngala sobre una lata enharinada y amase hasta tener una mezcla blanda y consistente. Aplane la masa hasta que quede con un espesor de media pulgada. Reduzca su deseo a una o dos palabras, e inscríbalas en la superficie pastosa con la punta de un cuchillo. Ponga el horno en temperatura media, luego hornee la masa hasta que coja un color pardo claro; sáquela y déjela enfriar. Divida el producto resultante en pequeños pedazos, y riéguelos en su jardín o en una repisa de ventana para que los pájaros los tomen. Mientras tira estas migajas, libere todos los pensamientos del objeto de sus anhelos no cumplidos . . . y sólo déjelos fluir.

Este hechizo emplea todos los elementos: sus ingredientes son la tierra; el agua es usada para mezclar y compactar; el fuego provee el calor para hornear; usted esparce la mezcla en el aire para que los pájaros (criaturas del aire) la tomen.

Apariencia

Como todos sabemos, la verdadera belleza viene de adentro. Si se siente seguro y feliz consigo mismo, entonces irradiará una imagen atractiva. El siguiente hechizo está diseñado para que perciba su encanto único, de tal forma que esté contento con lo que es.

El ingrediente mágico para este procedimiento es el rocío de la mañana, así que debe hacer el hechizo en el verano. Consiga un espejo pequeño y redondo.

Lávelo en una solución de agua y sal marina para liberarlo de cualquier negatividad, luego séquelo cuidadosamente. Espere hasta que el clima esté agradable y seco, luego ponga el espejo en un lugar seguro al aire libre, boca arriba, al anochecer (tenga cuidado con áreas donde pueda ser pisoteado por gatos u otros animales), y déjelo ahí durante la noche. En la mañana, entre el espejo a la casa y déjelo secar por sí solo.

Al siguiente anochecer, encienda velas y siéntese con comodidad, luego mírese fijamente en el espejo. Concéntrese en las cosas que le gustan de sí mismo, sus mejores rasgos. Su espejo ahora es un espejo mágico, cargado con la poderosa energía del rocío del amanecer. Si es paciente y observa su imagen el tiempo suficiente, empezará a entrever la persona encantadora, amorosa y especial que hay detrás de su cara.

Ahora observe los rasgos o características que menos le gustan de sí mismo. Deje de considerarlos como defectos aislados, y empiece a ver cómo acentúan los otros rasgos de su apariencia. Existe la tendencia a enfocarnos en lo que vemos como imperfecciones personales, pero para otras personas esos mismos r--- son las pequeñas pec\
nuestro atractivo genera\   ._ diente-
te ligeramente torcido,   _n que su ceja

Bendición

Las herramientas mágicas, ingredientes de hech-
zos, velas y otros implementos deben ser ben-
decidos además de limpiados antes de usarse. Utilice
un athame o una varita mágica para dirigir energía en
ellos, o simplemente haga esto sosteniendo los objetos en su mano y diciendo: "Que seas bendecido por
el poder de la Diosa, Dios y los elementos, para que
puedas hacer tu trabajo".

Bendiciones familiares

Una forma tradicional de proteger la familia y traer
salud y bienestar a los miembros de la misma, es
poner angélica en la casa. Puede usar angélica pulveri-
zada, pero es mejor conseguir un trozo de raíz con un
herbalista o proveedor de productos esotéricos. Tome la

raíz con ambas manos y pida salud, prosperidad, bendiciones y protección para su familia. Si lo desea, puede dirigir su petición a una deidad muy apreciada o a las fuerzas del bien y el amor que existen universalmente y están dispuestas a ayudarnos. Ahora meta la angélica en una pequeña bolsa o un saquillo medicinal y póngala en un lugar seguro, preferiblemente en el centro de la casa. Puede esconderla en una caja sobre su santuario, en un estante, en el fondo de un armario, o incluso debajo de una alfombra o tabla de piso. ¡Use su imaginación!

Bienestar

Las velas rosadas prendidas alrededor de la casa crean una sensación de bienestar. Use el color naranja si desea una energía más vital.

Bola de las brujas

En el pasado, la gente colgaba una bola de las brujas en la ventana para reflejar la negatividad de la casa. Era similar a una bola de árbol de Navidad muy grande y plateada. Usted puede adaptar esta idea suspendiendo una bola plateada o reflectiva en la ventana.

Asegúrese de ponerla en un lugar que no dé a la casa de un vecino —no querrá enviarle energías indeseadas—.

La práctica china del feng shui usa una técnica similar colgando un pequeño espejo octagonal, llamado bagua, en la parte externa de una edificación para desviar el chi negativo. Si hace esto, no ponga el espejo mirando a casas ubicadas frente a la suya, porque enviará las malas vibraciones a sus vecinos; no es correcto hacerlo, y también originará un ajuste kármico si actúa adrede.

Buen karma

Sería maravilloso poder hacer magia para traer buen karma. Desgraciadamente, el karma tiene que ver con la responsabilidad individual y el equilibrio y la armonía universal. Lo que hagamos para bien o para mal, tiene un impacto sobre toda la red de la vida, porque todo está conectado. Si hacemos algo destructivo, tarde o temprano experimentaremos una reacción cuando las energías desencadenadas por nuestras acciones retornen a nosotros. Debemos poner las cosas en orden de algún modo para restaurar la armonía. A la inversa, cuando hacemos algo bueno o amoroso, tarde o temprano regresarán a nosotros energías beneficiosas. Si quiere atraer buen karma, la única opción es eliminar las acciones negativas y egoístas, y cultivar una actitud positiva y generosa, lo cual es un buen entrenamiento mágico que involucra una mayor fuerza de voluntad —un aspecto importante en el desarrollo de hechizos—. Por supuesto, lo ideal es actuar positivamente por el bien de la acción misma y no buscando recompensa; de esta forma el karma ya no es un problema.

Buen viaje

Para asegurar un viaje seguro y feliz si se dirige al extranjero, pídale a Mercurio, el dios de los viajeros, o su contraparte griega, Hermes, para que lo proteja mientras se encuentra lejos de casa. También puede pedirle a Júpiter que le dé buena suerte y oportunidades mientras está en tierras extranjeras.

Buena suerte

Los hechizos de buena suerte tales como la herradura o el trébol de cuatro hojas son tradicionales. ¿Pero sabía que funcionan mejor si son cargados con energía mágica y propósito? Sostenga el objeto en sus manos, formule su propósito mágico (por ejemplo: "Tráeme más buena suerte" o "dame oportunidades"), luego sature el objeto con energía etérica proyectando luz con un athame, una varita mágica o sus manos. Las herraduras siempre deben ser colgadas con el extremo abierto hacia arriba. El trébol de cuatro hojas puede ser puesto entre las páginas de un libro, guardado en un estuche de joyas o un saquillo medicinal, o incluso en el estuche de las cartas del tarot.

Búsqueda de conocimiento

Si está buscando conocimiento sobre un tema en particular, leer e investigar puede ser muy entretenedor. Sin embargo, si desea encontrar la información que necesita específicamente, o quiere las respuestas a un dilema espiritual particular, el siguiente hechizo lo ayudará.

Escriba lo que busca en un papel. Ahora dóblelo y póngalo en un lugar seguro, tal como una caja o entre las páginas de un libro. Luego olvídese de esto. Si su experiencia es como la mía, la respuesta que desea le llegará en pocos días: podría encontrarse cogiendo un libro en una biblioteca o librería, y darse cuenta de que contiene justo las respuestas que necesita; tal vez experimente sueños poderosamente simbólicos que brindan la respuesta; alguien con el conocimiento del tema puede llegar a su vida. Si ninguna de estas cosas ocurre, espere pacientemente. Si está destinado a adquirir el conocimiento, llegará a usted cuando sea el momento apropiado.

Carrera

En el período de Luna creciente, tome una vela nueva anaranjada y un candelero, además de una cuerda de ese mismo color suficientemente larga para ser puesta alrededor de su muñeca y anudada. Sostenga la vela en sus manos y exprese su intención de encontrar una nueva carrera o avanzar en una que ya tiene. Asegúrese de especificar que no quiere lograr su objetivo a costa de alguien más (conseguir un ascenso por encima de alguien más necesitado o merecedor, es un logro totalmente equivocado si se obtiene por medios mágicos). También asegúrese de pedir que el hechizo funcione de una forma apropiada para usted. Enrolle la cuerda anaranjada alrededor de la base del candelero, no en la vela misma. Cuando la vela se consuma, desenrolle la cuerda y úsela en su muñeca a todo momento hasta la siguiente Luna nueva.

Catalizador mágico

Para acelerar los efectos de cualquier hechizo, prenda una vela magenta durante el trabajo mágico.

Clarividencia

Para este hechizo utilice siete velas de color violeta. También necesitará un tazón de agua. Llévelo a cabo durante el crepúsculo vespertino, ya que la hora en que el día da entrada a la noche es muy psíquica y mágica. Deje abiertas las cortinas o persianas, y mire hacia la ventana para que pueda observar el cielo que rápidamente se oscurece. Encienda las velas violetas y póngalas en círculo alrededor de usted. Mientras prende cada vela diga: "Tráeme visión clarividente". Mire el cielo por unos momentos, permitiendo que su mente divague libremente, pero observando los pensamientos o imágenes que se presenten. Luego recoja el tazón de agua y mire el líquido fijamente. Vea qué imágenes o ideas se forman en su mente o parecen emerger del agua. Al final, apague todas las velas menos una. Deje prendida ésta todo el tiempo posible. Es importante comer y beber después del proceso para que quede completamente centrado en la realidad y conectado una vez más con la tierra.

La noche siguiente reencienda otra vela y déjela prendida. Una vez más, mire fijamente un tazón lleno de agua, poniendo atención a lo que experimenta. Podría encontrar útil poner por escrito sus experiencias después de la sesión. Siga mirando fijamente hasta que sienta que su atención se pierde, luego coma y beba algo para regresar de nuevo a la realidad. Haga esto todas las noches hasta que se consuman las siete velas. El siete es un número muy mágico, el número de la clarividencia y el psiquismo, y de Neptuno, que gobierna estas cosas. También representa el árbol de la vida. Trabajando mágicamente con el siete, atraerá el poder del mismo a su vida.

Compasión

Para desarrollar un sentido de compasión más profundo, o introducir este sentimiento en su vida, construya un santuario o altar especial en el lado oeste de su espacio de trabajo mágico. En este lugar, coloque objetos y colores que estén asociados con el agua y el Oeste: cosas verdes, azules o de color malva; conchas; recipientes de agua; cálices. Trate de conseguir estatuas o pinturas de algunos de los seres budistas de misericordia y compasión, tales como Avalokitesvara, Tara y Kwan Yin (o Kwannon, como a veces es llamada); esta última es una antigua diosa que fue aceptada y transformada cuando el budismo llegó a la China. Pronto su nuevo santuario irradiará compasión en su espacio. Siéntese ahí de vez en cuando y absorba esa hermosa aura. A medida que el tiempo pase, introducirá compasión en su ser y atraerá más este sentimiento a su vida desde afuera.

Comunicación

Si queda mudo cuando le piden hablar en público, o si encuentra difícil una conversación debido a su timidez, un defecto del habla o pensamientos confusos, este hechizo le ayudará a mejorar su capacidad para comunicarse. La comunicación es una función del elemento aire, que es representado por el color azul, amarillo o violeta, según la tradición que la persona siga. Necesitará una vela que tenga uno de estos tres colores (el que simbolice aire para usted). También deberá conseguir algunas plumas. Si es observador, podrá encontrarlas en calles o parques de la ciudad. Para hacer el hechizo correctamente, también necesita saber cuál dirección es el Este. Si practica rituales en casa regularmente, esto no será un problema, pues ya debe identificar las direcciones en relación a su espacio de trabajo. De otra manera, use una brújula o consulte un mapa de su barrio. El trabajo mágico debe ser hecho un miércoles en horas del día (sería ideal temprano en la mañana). El miércoles es el día del dios mensajero Mercurio, y el inicio de la mañana es el tiempo regido por el aire.

Ate las plumas en un haz. Lleve la vela de color al lado este de la habitación, levántela y diga: "Poderes del Este, espíritu del aire, denme claridad, respuestas mentales rápidas y comunicación fácil". Prenda la vela, colóquela en un candelero, luego póngala en el área este con las plumas en su base. Siéntese frente a ella en meditación durante un rato, concentrándose en todas las cualidades del aire, tales como pensamientos rápidos, ideas nuevas y facilidad al hablar. Luego apague la vela. Reenciéndala por media hora cada día durante una semana, usando este tiempo para enfocarse en las cualidades del aire. Al final de este período, deje que la vela se consuma completamente. Luego coja el haz de plumas y cárguelas o úselas hasta que note un progreso en sus capacidades de comunicación.

Otra forma de mejorar la comunicación es cargar una turquesa o usar un pendiente de esta piedra sobre la garganta.

Concentración

Tome un pequeño cristal de cuarzo y límpielo en agua y sal marina. Prenda un bloque de carbón vegetal y rocíelo con olíbano. Pase el cristal cuidadosamente a través del humo del incienso, viéndolo llenarse de una luz dorada blanquecina mientras lo hace. Ahora su cristal está cargado con agudeza mental e inteligencia. Llévelo con usted cada vez que necesite concentrarse mucho en algo.

Conectarse con la tierra

Para estar correctamente equilibrado, especialmente después de trabajos psíquicos o mágicos, necesitamos centrarnos, lo cual tendrá el efecto de distribuir la energía uniformemente a través de nuestros chakras. Una forma sencilla de lograr tal estado es pensar en los pies. Esto debería conectarlo con la tierra inmediatamente. También puede imaginar que de sus pies están saliendo raíces que lo aferran al suelo. Otra forma segura de cerrar el exceso de energía entre los chakras y la tierra, es comer y beber algo, especialmente alimentos dulces o salados, carbohidratos, té o café.

Confianza

Este hechizo es especialmente útil si va a estar en una situación donde la atención se enfoca específicamente en usted, por ejemplo una entrevista de trabajo o una aparición pública, pero también sirve para la confianza general. Todo lo que necesita es una vela anaranjada, correctamente limpiada (vea "purificación"), y un candelero.

Inicialmente, marque la vela en siete segmentos con algo puntiagudo, como una aguja o la punta de un cuchillo o bolline (el cuchillo de mango blanco usado dentro del círculo para cortar hierbas, hilos u otras cosas en el proceso del hechizo). Luego lleve la vela hasta su tercer ojo y concéntrese bien en sentimientos de confianza, o simplemente enfóquese en la palabra "confianza". Podría ser útil que se visualice relajado, tranquilo y sonriente mientras está en la situación que teme. Luego encienda la vela, diciendo palabras tales como: "Prendo esta vela para traer confianza a mi vida". Ahora deje que la vela arda hasta el final del primer segmento, luego apáguela, explayándose brevemente en la imagen de sí mismo relajado y confiado. La vela debe ser reencendida cada día a la misma hora durante una semana, repitiendo las palabras y la corta visualización, para que se consuma otro segmento antes de apagar la llama.

Si necesita una rápida inyección de confianza para una situación inesperada (por ejemplo, podrían pedirle que dé un discurso improvisado), entonces la vela debe dejarse prendida el mayor tiempo posible. Sin embargo, tenga cuidado, ya que la versión rápida del hechizo puede hacerlo hablar más de la cuenta de una manera extravagante cuando surta efecto la erupción de energía que genera.

Cargar o usar cornalina también puede ayudar a estimular la confianza, al igual que tomar una infusión de caléndula, o tener maravillas frescas en la casa.

Conocimiento

Nada puede reemplazar el trabajo duro si está tratando de aprender un tema o esforzándose por alcanzar un grado. Pero el proceso de aprendizaje puede ser reforzado mágicamente si usted está ansioso.

Consiga un papel secante cuadrado lo suficientemente grande para escribir en él algunas palabras. Usando un bolígrafo, inscriba las palabras "aprendizaje", "conocimiento" y "realización" en el papel, luego dóblelo. Vierta un poco de agua en un tazón o cáliz, luego sostenga éste con las dos manos, y visualícese seguro de sí mismo, conocedor y relajado. Véase ganando el conocimiento que necesita, o recibiendo un pergamino que simbolice su grado u otra calificación.

Cuando termine, meta el borde del papel en el agua, dejando que absorba algo de líquido. Ponga el papel en un lugar cálido para que se seque, luego quémelo en un recipiente incombustible. Mezcle la ceniza resultante con tierra, luego siembre semillas de mastuerzo en ésta. Cuando hayan crecido, ingiéralas, absorbiendo el potencial para adquirir el conocimiento que busca.

Conservar la calma

Si está aturdido, nervioso o enojado, el siguiente hechizo lo ayudará a permanecer tranquilo y sereno.

Comience respirando con profundidad. Mientras aspira, concéntrese en absorber energía limpia y pura; mientras espira, permita que la tensión salga de su organismo. Luego de unos minutos, enfoque su atención en la garganta. Visualice una bola de luz azul cielo brillando en la base de su garganta. Ahora ponga las manos ahí y dígase a sí mismo todas las razones por las que se encuentra agitado. Tome su tiempo, y piense en todo hasta que crea que ha comprendido la causa raíz de su ansiedad, y expresado todo lo que puede decir al respecto. Se sorprenderá de lo mucho más calmado y menos abrumado que se sentirá después. Ahora imagine olas de azul tranquilizante, como agua, esparciéndose de la garganta y fluyendo por todo su cuerpo.

Creatividad

Desarrolle este hechizo un domingo de Luna creciente y durante horas del día. Necesitará una vela dorada, algunas semillas de girasol, un tazón de tierra o abono, y aceite e incienso de olíbano.

Lance un círculo, luego siéntese en su centro, mirando hacia el Sur, con los elementos del hechizo al alcance. Prenda el incienso. Coja la vela dorada y frote suavemente un poco de aceite de olíbano de la punta al centro y de la base al centro, introduciendo de este modo poder. Mientras lo hace, piense en la necesidad de aumentar su creatividad o generar proyectos creativos. Sea parco con el aceite y aplíquelo ligeramente. También evite la mecha, pues no querrá que la vela chisporrotee. Luego coja las semillas de girasol con las dos manos. Estas son sus semillas de creatividad, así que "dígales" que quiere verlas crecer. Cuando haya terminado, siembre las semillas en el tazón de tierra, luego meta la vela en el centro del recipiente y enciéndala, diciendo: "Poder del Sol, bendice mis semillas y hazlas crecer, para que mi creatividad pueda coger raíces y florecer. Bendito seas".

Apague la vela con cuidado, abra el círculo, riegue con agua el tazón de semillas, luego ponga el hechizo en un lugar seguro donde reciba abundante luz. Reencienda la vela diariamente y déjela prendida un rato. Cada vez que la encienda, liberará energía mágica a la tierra, que contiene sus semillas de creatividad, reforzando así su propósito mágico. Remueva la vela antes de que se consuma mucho y empiece a gotear cera en la tierra. Si las semillas brotan antes de que la vela se consuma por completo, entonces póngala en un candelero cerca del tazón. Cuando las semillas hayan crecido unas seis pulgadas, transplántelas en macetas individuales, y después en el jardín o baldes grandes. Mientras los girasoles florecen, también lo hará su creatividad.

Tenga en cuenta que las semillas son simbólicas. Si éstas no germinan, o los animales se comen las plantas una vez que han sido puestas afuera, no tome esto como una señal de que el hechizo falló, pues ya ha echado raíces en el plano astral y debería manifestar resultados en su vida cuando sea el tiempo apropiado.

Cristales

Se ha escrito mucho acerca de los cristales durante los últimos años, una parte útil y otra inverosímil. Es verdad que varios cristales y minerales tienen diferentes energías, y que éstas pueden ser usadas en trabajos mágicos y para desarrollo psíquico. Sin embargo, una de las mejores cosas que se pueden hacer con cristales es emplearlos para purificar y elevar las energías en casas o templos. Los cristales actúan como ionizadores, energizando y equilibrando la atmósfera en una habitación.

También pueden ser usados para limpiar el aura sosteniéndolos cerca de los chakras, pero después debe limpiar el cristal y comer algo para que se conecte con la tierra. Si siente que un chakra en particular está bloqueado, puede cargar o usar un cristal del color de ese chakra: rojo para el chakra base, anaranjado para el ombligo, amarillo para el plexo solar, verde para el corazón, azul para la garganta, violeta para el tercer ojo, y blanco para la coronilla. Si luego de un tiempo empieza a sentirse mareado, confundido o distraído, deje de usar ese color. (Vea en la introducción de este libro los consejos respecto a la compra ética de cristales).

Curación

La primera regla de la curación es que nunca debe sanar a otros sin su permiso, con la excepción de niños pequeños o animales (nuestros, o aquellos cuyos padres o dueños han pedido nuestra ayuda), y aun así tenemos que actuar con precaución. La segunda regla es que nunca debe usar la curación mágica en lugar de la atención médica estándar en caso de enfermedades graves; pero sí puede emplearla para ayudar a los métodos convencionales.

Un hechizo curativo eficaz requiere una foto del paciente, una vela negra y una blanca, y aceite de eucalipto. Inicie el hechizo tres días antes de la Luna nueva y en las horas de la noche.

Ponga la foto en su santuario. Tome la vela negra y proyecte en ella un chorro de energía que salga de su tercer ojo girando en espiral y en sentido contrario a las manecillas del reloj. Encienda la vela y diga: "Mientras esta vela arde, que toda enfermedad y fatiga salga de (nombre)". Coloque la vela en un candelero frente a la foto. Deje consumir un tercio de la vela, luego apáguela. Al extinguir la llama, tenga una imagen vívida del receptor de la curación estando libre de males, lesiones o enfermedades, o incluso de problemas emocionales si se requiere un alivio en este plano. Repita el encendido de la vela y la visualización otras dos noches, dejando consumir una tercera parte de la vela en cada ocasión.

El día después de que la vela negra ha sido prendida, y durante horas del día, coja la vela blanca, frótela de la punta al centro y de la base al centro con un poco de aceite de eucalipto, luego proyecte en ella desde su tercer ojo un chorro de luz girando en espiral y en el sentido de las manecillas del reloj. Encienda la vela, diciendo: "Mientras esta vela arde, que la salud, el vigor y la alegría llenen a (nombre)". Ponga la vela en frente de la foto y deje que se consuma un tercio de ella, luego apáguela, creando una fuerte imagen mental del paciente estando vibrante, feliz y enérgico. Repita esto otros dos días, hasta que la vela se haya consumido completamente.

Tomará al menos un par de horas para consumirse una tercera parte de la vela, así que asegúrese de estar pendiente de ella.

Dejar atrás

A todos nos gusta creer en la permanencia, ya que nos hace sentir seguros. Sin embargo, es posible perder algo muy apreciado, una relación puede terminar, un hijo amado puede marcharse del hogar, o es probable que nosotros mismos nos mudemos a otra casa, dejando atrás muchos recuerdos. Incluso los cambios originados en una vida feliz, tales como el matrimonio o vivir en común con el ser amado, pueden ser traumáticos. No podemos aferrarnos a todo en la vida, pero dejar atrás las cosas tiende a ser doloroso o atemorizante. El siguiente hechizo está destinado a ayudarlo a pasar esa transición. Puede hacer el hechizo en cualquier momento, pero el tiempo ideal es en el período de Luna menguante.

Consiga hilo suave pero bastante ancho. Estaría bien un hilo de lana o bordado, o una cuerdecilla suave.

Calmada y amorosamente trence tres hebras dejándolas bien flojas. Mientras lo hace, piense en la persona, mascota, lugar, etapa o posesión que ha salido o está saliendo de su vida. Expláyese en todos los recuerdos felices. Éstos seguirán con usted por siempre, nunca podrá dejarlos atrás, pero la vida no puede frenarse —debemos seguir adelante o nos estancaremos—.

Cuando esté listo, lentamente desenrede los hilos, y mientras lo hace, resuelva dejar que los factores de vida que representan formen un nuevo patrón que sea más significativo para esta etapa de su vida.

Depresión

No intente luchar solo contra una depresión intensa y constante: busque ayuda o consejos profesionales. Este hechizo está destinado a aliviar los tipos de depresión menos graves que la mayoría de nosotros padecemos de vez en cuando, aunque también puede ser usado para reforzar otros tratamientos si nos encontramos deprimidos a un nivel más patológico.

Llene de agua un tazón pequeño, luego agregue una cucharada de sal marina, y revuelva hasta que toda la sal se disuelva. Aspire y espire profundamente, proyectando su espiración en el tazón. Gradualmente, mientras expulsa el aire, empiece a ver su depresión como una nube gris y espesa que sale de sus fosas nasales y gira en espiral hasta el tazón lleno de agua. Después de varias respiraciones, levante la cabeza mientras aspira, e imagine que está absorbiendo hacia los pulmones un haz de luz limpia y centelleante. Deje que la luz se filtre a través de su cuerpo, llenando su ser con brillo, vida y esperanza. Luego espire en el tazón de nuevo, arrojando la negatividad en el agua salada.

Cuando se sienta "vaciado" y más positivo, levante el tazón de agua salada y ofrézcalo a la Diosa para que lo limpie, diciendo: "Señora, acepta y limpia toda tristeza de mí". Luego eche el líquido en el fregadero o el sanitario, pidiendo que el agua sea purificada antes de que circule una vez más.

No se preocupe si no ve beneficios inmediatos en este hechizo. Déle un poco de tiempo. Si sigue sintiéndose mal, repita el procedimiento.

Deseos

Cuando vea el primer vislumbre de la Luna nueva, piense en un deseo. En la Luna llena, refuerce el deseo con un hechizo.

Desarrollo psíquico

Este hechizo debe ser hecho en una noche de Luna llena. Necesitará una vela plateada, un pequeño tazón plateado, y una infusión de artemisa. La infusión es hecha remojando un puñado de las hojas en agua hirviente y luego filtrando. La artemisa puede ser comprada a herbalistas o cogida en riberas o bordes de camino, pero si la consigue de esta última forma, debe saber bien cómo es la planta.

Lance un círculo y encienda la vela plateada, concentrándose en su objetivo de desarrollar poderes psíquicos. Vierta la infusión de artemisa en el tazón plateado, coja el recipiente con las dos manos y visualice un chorro de energía plateada penetrando en el líquido, habilitándolo con la intención de desarrollar conciencia extrasensorial. Frote ligeramente un poco de infusión de artemisa sobre su tercer ojo y su garganta. Esta hierba es sagrada para Artemisa, así que pídale que lo ayude a expandir su conciencia de manera segura y natural para usted. Sentado en frente de la vela, observe el tazón. Déjese invadir por imágenes, sonidos, sentimientos o impresiones. Formule sus propósitos para que sus poderes psíquicos se desarrollen y expandan. Cuando haya terminado, coma y beba para centrarse y conectarse con la tierra nuevamente.

Otra forma de disfrutar los beneficios psíquicos de la artemisa es quemarla como incienso, o ahumar el aura con ella. Sin embargo, es de advertir que la artemisa es usada para incitar sueños, y ha sido conocida por causar pesadillas, así que libere su habitación del humo remanente antes de acostarse, y lave cualquier residuo de la infusión en su piel.

Despertarse temprano

Si tiene dificultad para levantarse temprano en la mañana para ir al trabajo o cumplir con otros compromisos, considere prender velas amarillas antes de acostarse. El amarillo es el color del Este, cuyo tiempo es el amanecer, y las velas amarillas traerán a su vida energía mañanera y lo ayudarán a levantarse para que inicie el nuevo día estimulado y despierto. También puede encontrar útil el hechizo para la pereza de la página 97.

Si tiene el problema opuesto y desea dormir más tiempo, pero se despierta muy temprano en la mañana, podría ensayar el hechizo para el insomnio de la página 69. Una alternativa sería prender velas de color azul oscuro antes de dormirse. No olvide apagarlas antes de quedarse dormido.

Destreza deportiva

Por supuesto, el éxito en los deportes de competencia en parte radica en ser activo y apto físicamente. El entrenamiento y una dieta saludable harán más por usted que cualquier trabajo mágico. Sin embargo, si quiere tener una ventaja adicional sobre sus competidores, además de desarrollar destrezas y coordinación, pídale ayuda a Artemisa. Esta diosa era reconocida en todo el mundo antiguo por su vigor, habilidad y resistencia. Cuando la Luna nueva sea una hoz delgada en el firmamento, párese al aire libre y levante los brazos suplicando a Artemisa, cuyo arco es representado por la Luna. Ahora repita tres veces el siguiente conjuro: Artemisa, cazadora, Señora veloz, que yo sea rápido y preciso como una flecha. Ayúdame a tener fuerza, valor y destreza.

Artemisa era conocida por favorecer sólo a quienes tenían valentía y resolución. Ella lo ayudará si está dispuesto a ayudarse a sí mismo, así que prepárese para un esfuerzo firme y trabajo duro si quiere que lo apoye en la realización de sus objetivos deportivos.

Destierro

Una forma de desterrar algo indeseado de su vida es simplemente "quitarlo lavando". Imagine que tiene en sus manos una condición, enfermedad o cualquier cosa indeseada. Concéntrese en sentir esto pesado en sus palmas, pegajoso y oscuro. Luego llene un tazón con agua, y lave sus manos con jabón. "Vea" el residuo arremolinándose y bajando por el desaguadero. Frote sus manos fuerte y rápidamente para generar energía chispeante y limpiadora. No se obsesione con esto: lavar las manos una vez es suficiente dentro del contexto del hechizo.

Un método más complicado pero muy popular es esperar hasta que la Luna esté menguante, luego envíe la negatividad en una vela negra para ser prendida todas las noches hasta la Luna nueva. Mientras la vela y la Luna se reducen, también lo hará cualquier cosa que esté tratando de eliminar de su vida.

Otro método es sostener en las manos un tazón con tierra o abono, y concentrarse en una imagen de sí mismo, vaciando los problemas en la tierra a través de los dedos. Cuando haya terminado, imagine que el tazón está lleno de luz dorada que limpia toda negatividad. La tierra ahora puede ser usada para hechizos con semillas, y algo positivo crecerá de este abono mágico.

Asegúrese de reforzar cualquier destierro con una afirmación positiva para introducir algo nuevo y llenar el espacio. Tenga mucho cuidado con su manera de expresarse y las intenciones en los hechizos de

destierro. Por ejemplo, no debería desterrar un conflic-
to liberándose de su pareja amada. Tampoco sería acon-

sejable desterrar la pobreza, a menos que especifique
que nadie debe salir perjudicado, incluyéndose usted
mismo, como resultado del hechizo.

Desviar la negatividad

Un hechizo muy efectivo para alejar cualquier mal
es un símbolo del ojo humano. Esta imagen ha
sido usada en muchas culturas para "desviar el mal de
ojo". En tiempos modernos rara vez pensamos en tér-
minos de alguien poniendo el ojo sobre nosotros; en
realidad, es muy rara esa acción negativa deliberada
de una persona a otra. No obstante, usar o cargar un
símbolo del ojo puede proteger a quien lo lleva de los
tipos normales de negatividad presentes en la vida
cotidiana: la depresión o ira de otras personas; tensión en las concurridas calles citadinas o en el sitio de
trabajo; sentimientos de envidia de alguien cercano;
ambientes desagradables en lugares donde la infelici-
dad o la violencia se han impregnado.

Un ojo de Horus egipcio, conseguido con joyeros
esotéricos, en tiendas de museos y otras fuentes, es un

también servirá como un remedio natural para este malestar, y la turmalina dispersará las energías negativas para que pueda usar el remedio una y otra vez sin introducir de nuevo el dolor en su cuerpo.

Embarazo

Si usted o su pareja desea tener un hijo, este hechizo será de gran ayuda. Trate de iniciarlo en Luna llena, que es la fase maternal de la Diosa. Fotocopie o escanee e imprima la carta de la emperatriz de su baraja de tarot favorita. Colóquela en un pequeño marco y apóyela en su santuario, o póngala sobre la pared encima del área donde hace su trabajo mágico. Coloque flores, maíz o frutas en o cerca del santuario. Frote una vela de color rosado subido con un aceite que contenga geranio o esencia de rosa. Prenda la vela y ubíquela cerca de la imagen de la emperatriz. Pídale a la diosa Isis que la ayude a tener un embarazo exitoso y saludable. Cuando haya terminado, apague la vela. Debe encontrar un espacio tranquilo cada día para repetir el proceso hasta justo antes de la siguiente Luna llena. Deje que la vela arda todo el tiempo posible.

Si el embarazo no se da después de muchos meses de intentarlo, no se fíe sólo de la magia, busque ayude médica.

Emociones desequilibradas

Para contrarrestar cambios de humor, cargue una lepidolita, una turmalina o un cuarzo rutilado varias horas al día.

Empatía

Si quiere ver las cosas desde el punto de vista de otra persona, o simplemente aumentar su sentido de empatía, tal vez necesita intensificar su percepción del elemento agua e incorporarlo a su vida.

Encienda velas de color azul, malva o verdemar, luego siéntese en el lado oeste de la habitación con un tazón de agua en sus manos. Mire fijamente el recipiente y relájese, permitiendo que surjan en su mente sentimientos e imágenes. Chapotee los dedos en el agua, luego moje ligeramente sus chakras; juegue con el agua y experimente la sensación. Trate de ser abierto y receptivo en lugar de forzar la mente a crear las experiencias. Relájese y deje fluir las cosas. Si tiene impresiones, sólo obsérvelas sin juzgar.

Durante los días siguientes, trate de salir a la naturaleza y contemple cómo se comporta el agua cuando
no es controlada por los humanos. Observe la lluvia,
la niebla o la nieve. Siéntese junto a un lago o arroyo,
o diríjase a la playa. Esté cada vez más abierto a las
cualidades del agua, y vea cómo responde usted por
medio de sus emociones.

Estar en mayor sintonía con el agua debe ayudarlo
a ser abierto a los demás; escuchará sin poner barreras
de juicio. De esta forma habrá mayor entendimiento.

Encontrar bienes perdidos

Hay varios métodos mágicos que puede emplear
para hallar objetos perdidos.

Si tiene una idea razonable de dónde se encuentra
el objeto (por ejemplo, un anillo o una moneda que
recientemente cayó en un área cubierta de hierba
tupida), podría buscarlo con un péndulo. Muchos artículos pueden convertirse en péndulos, incluyendo un
anillo suspendido en un cabello o un hilo; sin embargo, puede comprar uno hecho de madera, metal o cristal. Piense con claridad en el objeto que ha perdido,
luego empiece a caminar lentamente sobre el área en
que está buscando, con el péndulo colgando de una
mano bastante floja. Deténgase cada tantos metros para

aquietar cualquier movimiento del péndulo causado por usted al caminar. Si el péndulo empieza a balancearse bruscamente de un lado a otro o en círculo cuando llegue a cierto punto, examine esa área en detalle. Por supuesto, también puede aplicar el método sobre un mapa para hallar dónde se encuentra algo o alguien.

Otro método es pensar en el objeto perdido muy claramente y con mucha concentración. Luego despeje la mente pero permanezca receptivo. Si lo desea, puede elevar una plegaria u oración a las deidades, guías espirituales o las fuerzas que personalmente sienta que pueden ayudarlo. Si es afortunado (y esto sucede a menudo), recibirá un pensamiento o impulso que lo conducirá a lo que busca.

Otro método es escribir el nombre del objeto en siete páginas consecutivas de un cuaderno anillado. Cada día durante una semana, arranque una página y quémela. Cuando llegue a la página final, retenga en su mente la imagen del objeto perdido mientras se alista para acostarse esa noche. En la mañana, anote los sueños o ideas que se presenten, examinando mensajes o pistas.

Encontrar un viejo amor

Desearía no haberse separado de un ser amado en el pasado, o tal vez anhela un "final"? Este hechizo puede ayudarlo, pero debe ser dejado abierto para que la autonomía de la otra persona no sea comprometida. Ahora su viejo amor podría tener una relación feliz con alguien más, tal vez quiere seguir solo(a), o incluso es probable que desee cortar para siempre el contacto con usted. Si el hechizo es desarrollado con la atención escrupulosa de estas condiciones, puede tener una segunda oportunidad si se trata de algo correcto y conveniente para ambos, y si al no darse las cosas puede eventualmente experimentar curación y la capacidad de seguir adelante. No se arraigue mucho en la esperanza de una nueva unión: en la mayoría de casos, una vez que el vínculo es disuelto, el anhelo de la relación normalmente surge en sólo una de las dos personas. No obstante, si está destinado que los dos formen otra vez una pareja, el hechizo puede generar las circunstancias apropiadas para que las cosas se den.

Siéntese en un lugar tranquilo, cálido y poco iluminado. Cierre los ojos y visualícese a sí mismo y a su amor perdido. Vea un pasillo largo que los conecta, con una puerta abierta en cada extremo. Diga calmada y amorosamente:

Te libero de todo compromiso.
Te libero de mí.
Camina hacia mí o aléjate cuando quieras.
Estoy listo para ser curado.

Diga esto con convicción; no trate de manipular la imagen para convencerse de que la otra persona se

está acercando a usted. Haga todo lo posible por dejar atrás las cosas, sabiendo que no podemos controlar las respuestas de otra persona. Si la relación está destinada a darse, ahora tiene abierto un canal a través del cual pueden reunirse. Si ya todo acabó definitivamente, la separación completará el proceso curativo y lo dejará libre para hallar una pareja más adecuada.

Ahora trate de olvidar el asunto mientras espera la resolución.

Energía

Si se encuentra carente de energía vital, trate de rodearse de rojo, y prenda velas de este color cada martes durante un mes. El rojo y el martes son regidos por Marte, el planeta que nos da fuerza física y destreza. También podría adicionar pimienta o jengibre a su comida, o beber té de jengibre.

Si tiende a tornarse agresivo o discutidor, es tiempo de prescindir del rojo y buscar colores más pacíficos como el verde, blanco, malva y azul.

Cuando sienta que ha proyectado suficiente resolución y energía en el saquillo, póngalo en el área sur o de fuego de su habitación. Después de un mes, abra la tela y queme el incienso en un incensario, pasando el citrino a través del humo tres veces. Ahora puede cargar la piedra a donde vaya para tener éxito adicional, o guardarla para ser usada en futuros hechizos.

Fatiga

En lugar de tomar el usual café, té o cola cuando haya estado trabajando mucho y se encuentre agotado, ensaye el aceite de geranio como fortificante. Unas pocas gotas en un pañuelo o en un tazón de agua caliente funcionarán. Cuando inhale el aroma del aire circundante, se sentirá energizado y estimulado.

Felicidad

Las siguientes son dos formas simples de traer felicidad al hogar y nuestra vida. La primera es evaporar aceite esencial de bergamoto en un quemador de petróleo; coloque unas gotas en agua. La segunda es cosechar borraja en la primavera, cuando las hojas estén frescas, y luego adicionarla a ensaladas y tés.

Cualquiera de estos procedimientos traerá un mayor optimismo y mucha alegría.

Fertilidad

Sembrar maíz, trigo u otros granos es una forma de estimular la fertilidad femenina si se hace con ese propósito. Tanto mejor si la mujer mueve los granos con un molinillo de café o un mortero y los cuece al horno en pan u otro alimento, para que tome la fertilidad cuando ingiera la comida producida.

Un hombre que desee aumentar su fertilidad puede coger hojas de roble y bellotas y ponerlas en un santuario o altar frente a una estatua o imagen del dios cornudo.

Fidelidad

Si una pareja comprometida quiere permanecer fiel después del matrimonio, una ramita de romero debe ser incluida en el ramo de la novia y el ojal del novio.

Flores

Aprender el lenguaje de las flores podría reforzar algunos hechizos. Por ejemplo, tradicionalmen-te el romero se asocia con remembranza, las rosas con el amor, los girasoles con confianza y felicidad. Usted podría crear su propio lenguaje floral examinando las diferentes flores que encuentre. ¿Qué parecen suge-rirle? Por ejemplo, los narcisos podrían relacionarse con el optimismo debido a su color amarillo vivo y el hecho de que aparecen al final del invierno, cuando encuentra los días menos soleados; o podrían sugerir resolución, ya que apuntan sus cabezas hacia adelan-te atravesando la dura tierra, a menudo floreciendo en medio de la nieve. Recuerde que si asigna un sig-nificado a un símbolo en el trabajo mágico, portará ese significado para el propósito del hechizo.

Fuerza

Este hechizo funciona mejor en el solsticio de vera-no, pero puede ser hecho en cualquier época del año. Coja algunas hojas de roble y llévelas a casa: rami-tas servirán si los árboles están descubiertos, pero las hojas de otoño caídas también son apropiadas y duran mucho después de haberse desprendido de los árboles; de otra manera puede reunir algunas hojas de encina o árboles siempre verdes. Póngalas en un florero o recipiente similar sobre su santuario. Consiga una vela dorada. Coloque una imagen escaneada o fotocopia de la carta del tarot "la fuerza" en un clip junto a las hojas de roble.

Mire fijamente la carta por un largo rato, examinando todas las características que muestra. Sumérjase en la imagen para que experimente su significado en un nivel intuitivo y profundo. Ahora cierre los ojos y continúe la exploración en meditación. Cuando haya examinado todo lo que puede, regrese a su realidad dando palmaditas en sus piernas o el piso para conectarse con la tierra, luego abra los ojos. Levante la vela dorada, llévela hasta su tercer ojo, y véase vertiendo en la cera las cualidades de la fuerza que ha experimentado. Cuando termine, encienda la vela y déjela prendida un rato, permaneciendo en frente de ella.

Deje la imagen de "la fuerza" en su santuario frente a las hojas. Encienda la vela dorada diariamente hasta que se consuma por completo, meditando en los méritos de la fuerza cada vez que lo haga. Mientras incorpora estas cualidades en su ser, debería sentir

una mayor capacidad de enfrentar dificultades, problemas de salud y los otros altibajos de la vida.
Debería desarrollar resistencia y fortaleza.

Ganancia económica

Si requiere aumentar sus finanzas debido a un gran déficit o una necesidad urgente, entonces seis velas doradas prendidas un domingo de Luna creciente ayudarán a quitar obstáculos y a hacer que ese dinero fluya. Frote las velas con un poco de aceite de oliva, suavemente y con moderación para evitar desprender la capa dorada, luego concéntrese en su deseo de liberarse de la presión financiera, sosteniendo las velas en sus manos mientras lo hace. Ponga las velas en candeleros, enciéndalas y déjelas prendidas durante una hora. Apáguelas y reenciéndalas cada día durante seis días.

Ganancia material

El naranja es el color asociado con el chakra umbilical o sacro, centro de las posesiones mundanas

y el placer. Si usted se encuentra luchando material-
mente, su chakra umbilical puede estar desequilibra-

do o bloqueado. Un remedio efectivo es prender velas
anaranjadas y aumentar la cantidad del color naranja
en su entorno y sobre usted mismo. Ensaye la pintura
anaranjada o roja oscura en sus paredes, cojines o
cobertores color naranja, y ropa de tonos cálidos. Todo
esto elevará su ánimo y atraerá abundancia material
hacia usted. También use o cargue piedras o cristales
anaranjados.

Ganas de vivir

Este hechizo simple puede ayudarlo a reencender
su alegría en la vida si se siente indispuesto o
desanimado. Debe comprar aceite de mandarina (las
versiones diluidas funcionan bien). Sólo moje ligeramente aceite sobre un trozo de tela limpio e inhale el
aroma, viendo una imagen mental de sí mismo sal-
tando de alegría, bailando, levantando los brazos, o
haciendo cualquier cosa que represente estar feliz y
despreocupado. Haga esto cada vez que sienta que la
pereza o el aburrimiento lo invaden.

Insomnio

Necesitará una vela de color malva o lavanda, acei-te esencial de lavanda, y unas estrellas plateadas pequeñitas. Puede hacer este hechizo en cualquier momento del ciclo lunar.

Tome un baño tibio y relajante, e ingiera un tranquilizante bebida caliente. Configure un espacio sosegado a luz de vela. Tome la vela color malva y suavemente caliente la cera cerca de la llama de otra vela, luego pegue las estrellitas plateadas cuidadosamente en toda su extensión, presionándolas sólo lo suficiente para que no se desprendan, pero no muy fuerte hasta hundirse demasiado y quedar cubiertas de cera. Ahora frote lenta y cuidadosamente un poco de aceite de lavanda a lo largo de la vela, evitando la mecha y, si es posible, las estrellitas. Tome su tiempo y trate de mantener una sensación de paz y tranquilidad mientras hace esto. Coloque la vela en un candelero seguro y enciéndala, diciendo: "Luz estelar, brillo estelar, tráeme un sueño sosegado esta noche". Deje la vela prendida sólo unos minutos, sintiéndose relajado y mirando fijamente la llama, aspirando y espirando lentamente, visualizando que la tensión y la ansiedad salen de su cuerpo en cada espiración. Luego apague la vela con cuidado, rocíe unas gotas del aceite esencial en su almohada (a un lado de donde su cara reposará), y apague la luz.

Repita el breve encendido de la vela, la frase y la rociada de aceite esencial en su almohada cada noche hasta que la vela se haya consumido totalmente. Este hechizo funciona en dos niveles. A nivel externo, la suave rutina de acostarse junto con poner aceite de lavanda en la almohada (esto es conocido por ayudar a estimular un sueño relajante) incitará una condición mental de menos desvelo y reentrenará su cerebro para que acepte caer en sueño. En un nivel interno, el hechizo mismo servirá para lograr el objetivo de darle fin al insomnio.

Inspiración

En un día soleado, llene un cáliz, vaso o tazón con agua manantial o mineral. Salga y sostenga el recipiente de tal forma que sea bañado por la luz del Sol. Visualice energía solar creativa penetrando en el agua, luego tómese todo el líquido, "viendo" la energía inspiradora fluyendo en su cuerpo, irradiando su aura y todo su ser.

Ira

Si está atravesando una etapa de ira, o alguien está dirigiendo este sentimiento hacia usted, se puede hacer mucho por medios mágicos para calmar las cosas. (Este hechizo puede incluso funcionar con un perro o gato agresivo). Recuerde buscar la causa del comportamiento, y use medios prácticos para reforzar el hechizo.

Necesitará tantas velas azules claras como candeleros y espacio tenga para ellas. No requerirá de un ritual o palabras especiales para que la magia funcione. Simplemente ponga las velas azules alrededor de su casa y enciéndalas frecuentemente. Saque tiempo para estar quieto y sintonícese con el aura de tranquilidad que las velas dan a su espacio. Quemar aceite esencial de lavanda también será de ayuda, al igual que usar el azul por un tiempo (incluso si se utiliza sólo en las medias o la ropa interior), o tener de color azul claro algunas piezas de los muebles tales como la ropa de cama o los cojines.

Este hechizo funciona. Una vez calmé una situación difícil con vecinos furiosos, poniendo las velas a lo largo del muro entre la casa de ellos y la mía.

Jardinería

Su jardín, además de sus plantas de maceta, crecerá mejor si trabaja con amor y empatía. Hablarle a las plantas efectivamente las ayuda a crecer. Las que se encuentran en mal estado pueden ser ayudadas enterrando un pequeño cuarzo cerca de sus raíces. Prenda velas pardas o verdes si quiere sintonizarse con los elementales de la tierra y pedirles que le ayuden en sus esfuerzos.

Es bueno dejar un rincón silvestre en el jardín para que la naturaleza pueda trabajar sin interferencias. Las mariposas y otros insectos apreciarán la hierba larga y un área de ortigas, y los pájaros podrían anidar seguros en árboles y arbustos no arreglados. Si deja a los elementales de la tierra este pequeño espacio para que trabajen libremente, entonces el resto de su jardín será más armonioso y productivo.

Las plantas pueden ser sembradas de acuerdo a las fases de la Luna; de este modo, las que dan su fruto o semillas sobre el suelo deben ser sembradas en Luna creciente, y aquellas tales como las plantas bulbosas, que tienen raíces carnosas bajo tierra, deberían ser sembradas en Luna menguante. El escardo también puede ser hecho en esta fase lunar.

Cuando ponga una nueva planta, es bueno bendecirla para que le dé energías positivas que le ayudarán a crecer. El siguiente es un corto conjuro que escribí cuando sembré un espino:

> Pequeño árbol encantador,
> que tus raíces sean nutridas por el rico suelo,
> y tus ramas acariciadas por el cielo.
> Bendecido por la Luna y el Sol,
> alimentado por las estaciones,
> que crezcas fuerte y bien,
> y engalanes nuestro jardín con tus dones
> de pureza, frescura, protección, paz y alegría.

Justicia

Está siendo tratado injustamente? ¿Está esperando el resultado de un asunto legal? ¿Está a punto de firmar algún tipo de contrato? Tome la carta de la

justicia de una baraja de tarot y póngala en un santuario, altar o estante cerca de su cama. Que sea lo
último que vea en la noche y lo primero en la mañana. Dígase a sí mismo: Quiero que se haga justicia; se
hará justicia. Siga haciendo esto hasta que el asunto
sea resuelto. Tenga mucho cuidado aquí: no confun-
da justicia con ganar. Si usted tiene la culpa, este
hechizo no lo ayudará a salir avante; habrá un resultado, que significa justicia para su oponente si él o
ella, no usted, es la parte agraviada. Sea escrupuloso
en estos asuntos, y si tiene dudas no haga el hechizo.

dirección para purificar, luego en la otra dirección
para pensar en un deseo mágico.

Limpiadores de atmósfera

Si una habitación de su casa parece acumular vibraciones negativas, ensaye dejando un tazón de
agua salada ahí. El agua absorberá la negatividad y la sal
la purificará, dejándola estéril psíquicamente. Otra
ayuda de purificación útil es la amatista, y un pequeño
racimo de ésta elevará el aura de un espacio vital, aunque deberá limpiar los cristales con regularidad con
agua corriente o en una solución de agua y sal marina.

Limpieza

Para hacer una limpieza profunda adicional del
espacio sagrado antes de lanzar un círculo, barra
desde el centro hacia afuera con su escoba de hechicero, girando en espiral en el sentido de las manecillas del reloj mientras lo hace.

Una limpieza y purificación total debe ser hecha
cuando se mude a una nueva casa, o cuando quiera eliminar residuos psíquicos de su espacio ritual. Riegue
sal marina alrededor del perímetro de cada habitación
o espacio que va a ser limpiado. Luego deje un bloque

de carbón vegetal ardiendo en rescoldo en su incensario (deberá poner el incensario en un recipiente antitérmico para que no se queme las manos). Ahora rocíe olíbano, coja el incensario y camine en espiral en sentido contrario al de las manecillas del reloj hasta el centro de cada habitación, dejando que el oloroso humo elimine cualquier negatividad. Desde el centro, gire de nuevo en espiral hacia afuera en el sentido de las manecillas del reloj, permitiendo que el incienso aumente la vibración del espacio. Cuando cada habitación sea trabajada de esta forma, barra la sal marina y vacíela bajo agua corriente, luego abra las ventanas para liberar el humo restante y dejar entrar aire fresco. Toda el área se sentirá viva, limpia y muy estimulante.

Limpieza de aura

Consiga una pluma grande, por ejemplo la de un ganso. Comenzando en la coronilla de su cabeza, haga movimientos de barrido bajando por su cuerpo, a tres o cuatro pulgadas del mismo, trabajando desde la espalda y el frente, e imaginando que cualquier residuo de negatividad está siendo limpiado de su aura. Si lo desea, puede quemar una hierba de purificación, tal como la salvia o la verbena, y echarla alrededor de usted mientras usa la pluma sobre su cuerpo energético.

Limitación

Si desea limitar los efectos de algún factor en su vida, cargue con su propósito una vela de color índigo, luego préndala. No use este hechizo para restringir a una persona real (vea "atadura").

Mascotas

Los animales domésticos son valiosos para nosotros. Son nuestros amigos y compañeros que nos brindan lealtad y amor sincero, y en retribución merecen lo mejor que podamos ofrecerles.

Cuando un nuevo animal llega a mi casa, siempre le escribo una corta bendición, pidiendo protección, buena salud, alegría y felicidad. Si su animal usa un collar de identificación, podría cargarlo mágicamente para darle a su mascota suerte y protección adicional. Pase el collar a través de cada uno de los elementos: la llama de la vela, humo de incienso, agua y sal o tierra (en caso de collares plásticos en lugar de metálicos, tendrá que pasarlo alrededor de la llama). Ahora tome el collar en sus manos y con calma y lentitud piense que su mascota está protegida de daños, segura y bien, y nunca se perderá o espantará excesivamente. Si tiene gatos, puede pedirle a Bast o Sekhmet que los cuiden; para perros, acuda a Elena o Artemisa.

Se dice que un cristal de cuarzo claro en la vasija de beber del animal estimula la salud y el bienestar. Asegúrese de que el cristal sea grande para que no sea tragado accidentalmente.

Meditación

Prender velas de colores específicos mejorará la práctica de meditación. Para lograr una meditación relajante, donde el objetivo es dejar a un lado las inquietudes del día y tener tranquilidad, entonces todos los matices del azul son buenos, pero particularmente un azul medio como el del jacinto. El violeta o el blanco son útiles para visualización. Si va a hacer una meditación profunda sobre los significados de la vida, la divinidad, la espiritualidad, etc., prenda velas moradas en su espacio de trabajo meditativo. Para concentrarse en la Luna, use velas blancas o plateadas.

Miedo

Si le tiene miedo a algo, inscriba la palabra sobre una vela negra y préndala en la noche oscura al final de la Luna menguante.

En caso de un temor no especificado, prenda una vela gris para representarlo, y una amarilla-dorada para tener la fuerza y el valor para superar la negatividad.

Neutralizar un hechizo

De vez en cuando cambiará de parecer respecto a un hechizo que ha lanzado, o querrá detener un trabajo mágico hecho por usted o incluso (en circunstancias muy raras) en su contra. Si el proceso ha llegado demasiado lejos y las nuevas condiciones ya se están manifestando, entonces en la mayoría de casos sólo otro hechizo contrarrestará o alterará las cosas. Sin embargo, para un hechizo que aún esté en progreso, lo siguiente puede ser de ayuda. Debe cortar físicamente por la mitad los elementos del hechizo mientras expresa su propósito de que sea detenido o revertido. Si es una vela, córtela en dos con un cuchillo afilado, luego bote las dos mitades separadamente. Si es una cuerda, deshaga los nudos y límpiela. Esparza tierra y semillas usadas en los hechizos. Diga algo como: Que este hechizo sea detenido, y todos los efectos invertidos. Si cree que alguien ha hecho magia contra usted, o incluso para ayudarlo sin consultarle primero, coja una vela, mientras piensa en el hechizo que desea neutralizar, e inscriba en ella invierto el hechizo. Ponga la vela en un tazón de agua, luego déjela prendida hasta que el agua apague la mecha.

Obstáculos

Ganesa es una deidad hindú que toma la forma de un dios gordo con cabeza de elefante. Es el guardián de portales y entradas, pero también es el dios de la abundancia y un eliminador de obstáculos. Si se le pide, con gusto quita cualquier cosa que esté bloqueando nuestro camino o impidiendo que alcancemos una meta. Sin embargo, hay que llamarlo con respeto y pedir su ayuda, en lugar de tomar su presencia como otro componente del hechizo. Necesitará una pequeña estatua o pintura de Ganesa (que pueden ser compradas en tiendas de arte hindúes y en algunas tiendas de la Nueva Era), tres velas amarillas y algunas rosas rojas (si no se encuentra en la estación en que se cultivan, entonces puede usar pétalos de rosa secos o una foto de rosas). Haga el hechizo en Luna menguante.

Coloque la imagen de Ganesa en un altar o santuario. Coloque una vela a cada lado de la deidad y una al frente, luego enciéndalas. También puede quemar incienso de sándalo. Ahora escriba una descripción de su obstáculo en un papel, enciérrelo en sus manos y diga: "Señor Ganesa, te pido que quites este obstáculo de mi progreso. Que pueda avanzar rápida y felizmente hacia mi objetivo, con el libre albedrío de todos y sin perjudicar a alguien". Coloque el papel doblado en el santuario frente a Ganesa. Apague las velas, pero reenciéndalas diariamente por un rato hasta que se consuman por completo.

En la siguiente Luna llena, queme el papel en un recipiente incombustible. Luego agradézcale a Ganesa su amorosa ayuda. Es importante que haga esto aunque no sienta que los obstáculos están siendo removidos. En el tiempo apropiado encontrará que el problema que lo inquietaba ha desaparecido.

Opresión

¿Se siente oprimido por problemas, o agobiado por circunstancias particularmente difíciles para las cuales parece no haber una solución o un alivio rápido? Este ejercicio sencillo le ayudará a aligerar la carga. Agáchese o arrodíllese con las manos sobre la cabeza y haciendo presión. Trate de realmente sentir la carga, experimente esto lo más plenamente posible, sumérjase en su desdicha y dolor. Luego párese, arrojando los brazos al aire, y visualice la carga desprendiéndose de usted. Realmente véala caer. Permanezca lo más derecho que pueda e inhale con profundidad. Dígase a sí mismo que se niega a aguantar más opresión. Pídale a la Diosa que lo ayude a quitar la negatividad de su vida, o acuda a Ganesa, dios hindú de las aberturas, para que remueva los obstáculos de su camino. Asegúrese de especificar que en el proceso no desea perder algo que aprecia. Pida fuerza. Ahora trate de sacar tiempo para relajarse y hacer algo sólo por sí mismo.

Optimismo

Hay varias piedras semipreciosas y cristales que ayudan a aumentar el sentido de optimismo, y depende de nosotros escoger el que consideramos que se ajusta mejor a nosotros o nos llama más la atención. El cuarzo rosado da una sensación de seguridad y alegría amorosa; el diamante Herkimer, una forma pequeña y transparente de cristal de cuarzo, posee una energía muy viva y chispeante; el citrino, especialmente la variedad dorada, trae a la vida un optimismo radiante; la venturina verde es estimulante y curativa; la calcita anaranjada nos mantiene con una alegría efervescente. Hay muchos más, y un poco de investigación le ayudará si los minerales listados aquí no le llaman la atención.

Cuando haya decidido cuál piedra quiere usar, necesitará un saquillo medicinal y algunas hierbas. Si va a utilizar una piedra dorada o anaranjada, métala en el saquillo junto con una pizca de azafrán, cabezuelas de caléndula, y orégano. Si desea trabajar con una piedra verde, adicione tomillo y mejorana. Para piedras transparentes como el diamante Herkimer, necesitará geranio y tomillo.

Amarre el cuello del saquillo medicinal, luego cárguelo mágicamente, transmitiéndole poder con su varita mágica, athame o las manos. Lleve el saquillo en un bolsillo, úselo alrededor de su cuello o póngalo debajo de la almohada. Su alegre energía seguirá actuando por un largo tiempo, generando un aura de optimismo en todas las áreas de su vida.

Pasión

Al igual que la magia de amor ya mencionada en el libro, este hechizo para traer pasión a su vida o estimular una relación existente, debe ser hecho un viernes, el día de Venus, la diosa del amor. Asegúrese de estar en Luna creciente o llena cuando haga el hechizo. Necesitará seis velas de color rojo o rosado subido (el seis es el número de Venus/Afrodita), algunas rosas rojas, un incienso dulce al cual han sido adicionadas gotas de aceite o esencia de vainilla, o vainas de vainilla picadas, y comida que contenga especias picantes tales como pimienta o ají. Si ya tiene una relación y su pareja está dispuesta a compartir la responsabilidad mágica, deben desarrollar juntos el hechizo. Si quiere atraer una nueva relación apasionada a su vida, tendrá que hacerlo solo. Pero recuerde, no es moralmente permisible tratar de forzar a otra persona a cualquier tipo de relación sin su conocimiento o aprobación.

Prepare su comida especiada, colóquela en un lugar donde permanezca caliente, luego póngase ropa que lo haga sentir atractivo, seguro de sí mismo y deseable; trate de incluir al menos una prenda rosada o roja, incluso si es lencería. Ponga una mesa para la comida y luego coloque sobre ella las rosas y algunas de las velas. Ubique las otras velas alrededor de la habitación. Prenda las velas y el incienso y sirva la comida.

Mientras come, satúrese de la energía ardiente que ha creado, observe las llamas de las velas e inhale los sensuales aromas del incienso y las rosas. Saboree cada bocado de comida caliente, absorbiendo ese calor, imaginando que se transmuta en el fuego de la pasión. Cuando se acabe la comida, apague cuidadosamente todas las velas menos una. Deje esa vela prendida en un recipiente antitérmico en un lugar seguro, lejos de cortinas, paños, mascotas, etc. Arranque seis pétalos de las rosas. Cuando se vaya a acostar, ponga un pétalo debajo de la almohada.

Cada noche, prenda otra vela y ponga otro pétalo debajo de la almohada, explayándose en la idea de pasión mientras lo hace. Cuando se agoten todas las velas, puede meter los pétalos de rosa en un saquillo medicinal o agregarlos a incienso.

Programe su despertador para que suene apenas salga el Sol. Tome una vela amarilla nueva, luego abra una ventana y dirija la vela hacia el Este, donde el Sol está saliendo. Visualice toda la energía y el entusiasmo del fresco día proyectándose en la vela. Tome su tiempo, y experimente el optimismo y la expectativa de este nuevo día. Luego guarde la vela en un lugar seguro.

Cuando deba comenzar la actividad que ha aplazado, saque la vela, enciéndala, y siéntese un rato frente a ella. Debe sentir la maravillosa energía del amanecer penetrando en usted, pero no se preocupe si no la percibe, de todos modos estará surtiendo efecto. Trate de recordar el resplandor de la aurora, la sensación de vida. Imagine que está aspirando esa energía.

Ahora inicie la temida tarea. No deje de pensar en ella, sólo sumérjase en dicha labor como lo haría en una piscina de agua fresca.

Prosperidad

La mayoría de hechizos de prosperidad populares a menudo incluyen el uso de velas anaranjadas o verdes, aceite de pachulí o canela, varias hierbas, etc. Este es un tipo diferente de hechizo de prosperidad que espero lo haga pensar un poco sobre el dinero como energía universal y la manera en que nos conecta. Haga el trabajo mágico en Luna creciente.

Tome un billete de la más alta denominación que tenga. Siéntese en frente de un altar o santuario, prenda velas e incienso, y tenga a la mano un tazón de agua, sal y canela molida. Coja el tazón de agua e imagine luz purificante penetrando en él desde sus manos, luego échele un poco de sal y revuelva. Ahora tome el billete por un momento y trate de imaginar las muchas personas que pueden haberlo tocado desde que fue impreso. Trate de sintonizarse con ellas, deséeles el bien e imagínelas felices y contentas.

Ahora debe limpiar el billete de energías negativas que haya acumulado en su tránsito de una persona a otra. Páselo con cuidado a través de la llama de la vela (¡no demasiado cerca porque lo chamuscará o quemará!) y el humo del incienso, luego rocíele un poco de agua y sal. Al mismo tiempo, imagine cualquier mal o corrupción siendo limpiado. Luego espolvoree cuidadosamente el billete con una pizca muy pequeña de canela. Mientras lo hace, concéntrese con intensidad en la prosperidad. Piense en lo que significa para usted, cómo se sentirá con más dinero para gastar, más beneficios materiales para disfrutar. Vea la prosperidad trayéndole seguridad y felicidad sin volverlo avaro o codicioso. Y por encima de todo, vea esta abundancia entrando a su vida de tal forma que no le cause daño a usted ni a otras personas. Al final, visualice el billete trayendo las mismas cosas para otros una vez que salga de sus manos.

Ahora el billete debe ser puesto en su billetera o cartera y dejado ahí hasta que realmente necesite gastarlo —entre más tiempo permanezca ahí, mejor, porque atraerá más dinero—. Cuando por fin tenga que gastarlo, debe salir de él con gusto, sabiendo que traerá prosperidad a la siguiente persona que lo reciba, y a otras que entren en contacto con él. Quienes dan con generosidad y con buena voluntad, recibirán lo necesario.

Protección

Si necesita poner una protección alrededor de un niño pequeño, una mascota o alguien que le ha pedido ayuda, imagine que la persona o el animal está usando una armadura que refleja las energías dañinas. Lo mejor es "ver" estas energías disipándose inofensivamente; no querrá irradiarlas a alguien más.

No decida proteger a otra persona a menos que se lo haya pedido, porque eso sería una invasión de su privacidad y libre albedrío. Los niños pequeños y los animales son otro caso, ya que no pueden pedir ayuda, pero incluso aquí debe dejarse guiar por la intuición, y no interfiera si tiene dudas.

Cuando deje su casa, carro, moto u otra posesión grande por un cierto tiempo, puede reforzar el sentido común con un poco de ayuda mágica. Visualice un muro de llamas azules rodeando el objeto. Imagine que esta barrera es impenetrable para cualquiera, excepto usted mismo y otros que tienen libre acceso. También puede visualizar un muro de piedra, una cadena con candado, o un foso de agua profundo alrededor del objeto. Use las imágenes que funcionen mejor para usted. Recuerde que la magia no reemplaza una cerradura con llave o ventanas y puertas cerradas.

Las cartas del tarot o las herramientas mágicas pueden ser protegidas envolviéndolas en seda. El negro es tradicional, pero cualquier color funcionará. Use su intuición para elegir el color que parezca apropiado para cada objeto o baraja.

Una forma rápida y fácil de protegerse, es imaginar que está rodeado de luz, o usando una prenda de la cabeza a los pies hecha de un material brillante del cual las energías negativas sean reflejadas lejos de usted. Variaciones de esto podrían ser un espejo mirando hacia fuera como un escudo en frente de usted, o un manto brillante de color azul, dorado o plateado.

Sin embargo, si siente que su sueño está siendo perturbado por pensamientos o sentimientos negativos de alguien, tal vez debe hacer un hechizo de protección más complejo. Para esto necesitará una vela blanca y sal marina. Esta sal es naturalmente protectora y purificadora, al igual que el color blanco.

Cuando esté relajado y listo para dormir, rocíe la sal marina en círculo por el contorno de su alcoba. Luego, iniciando en la parte norte de la habitación y avanzando en el sentido de las manecillas del reloj, camine proyectando una barrera mental de luz alrededor del espacio. Si quiere, puede usar una varita mágica o un athame para hacer esto. Ahora diríjase al Este y pídale a las fuerzas del aire que lo protejan mientras duerme. Siga en el sentido de las manecillas del reloj alrededor de la habitación, haciendo lo mismo para el Sur y el fuego, Oeste y agua, y finalmente Norte y tierra. Ahora ha creado una fortaleza dentro de la cual estará protegido y seguro. Tome la vela blanca con ambas manos y pida protección continua mientras duerme (si quiere, acuda a la Diosa y Dios para esto). Encienda la vela y déjela prendida unos minutos, visualizando su luz limpiando el espacio que lo rodea, quemando pensamientos y propósitos dañinos dirigidos a usted. Luego acuéstese y relájese hasta dormirse. Continúe encendiendo la vela unos minutos cada noche antes de acostarse y goce de la protección que ha creado previamente. Cuando la vela se haya consumido completamente, la amenaza debe haber pasado.

Tenga en cuenta que es muy raro que individuos deliberadamente dirijan un ataque psíquico a alguien. La mayoría de casos de los llamados ataques son causados por emociones y pensamientos descontrolados de la otra persona que llegan al receptor. Quien los transmite probablemente no es consciente de que sus formas de pensamiento son percibidas por alguien más, y no hay malicia ni intención de hacer daño.

Protección del computador

Si utiliza un sistema operativo Windows, puede darle a su computador una protección mágica yendo al panel de control, haciendo doble click en el icono Red (Network), seleccionando Identificación (Identification). Verá campos para el Nombre del computador (Computer Name) y Descripción del computador (Computer Description). Cualquiera o ambos pueden ser llenados con un nombre mágico (tal como una runa protectora), y esto ayudará a proteger su aparato, en especial si está en línea con frecuencia.

Para usuarios de OS X, entre a Preferencias del sistema (System Preferences), seleccione Red (Network), luego ponga un nombre de su elección al lado de Nombre del computador (Computer Name). Esta también es una oportunidad para activar el 'firewall', si no lo ha hecho, y tenga también protección práctica.

Protección para el teléfono móvil

Digite una inscripción protectora en su teclado en las opciones de *Welcome Message* o *Screen Saver* de su teléfono móvil, para ayudarlo a mantener libre de robo o daño.

Purificación

Todos los materiales de hechizos deben ser purificados antes de su uso, al igual que las herramientas mágicas, las joyas, etc. Para este hechizo necesitará un tazón de agua, sal, una vela e incienso. Purifique el agua (poniendo en ella la punta de la varita mágica o el athame y visualizando luz penetrándola, o cogiendo el tazón con ambas manos y proyectándole luz desde las palmas y los dedos), bendiga la sal, luego prenda la vela y el incienso. Pase el objeto a través del humo del incienso, diciendo: "Te purifico con aire"; luego a través de la llama de la vela (o alrededor de ella en caso de materiales inflamables), diciendo: "Te purifico con fuego". Rocíe agua, diciendo: "Te purifico con agua", luego frote un poco de sal, diciendo: "Te purifico con tierra". Si tiene otras frases que considera más apropiadas, entonces úselas.

Puede limpiarse a sí mismo en forma similar colocando sal marina o hierbas en la bañera. Cuando se meta a la tina, visualice el agua brillando con luz. Véala lavar todas las impurezas y tensiones del aura. También puede purificarse a sí mismo o las herramientas rituales pasando alrededor un incensario o un palito humeante. Los objetos que están muy contaminados pueden ser enterrados en suelo seco y dejados ahí durante la última semana de Luna menguante, permitiendo que la tierra extraiga las impurezas.

Rato de tranquilidad

¿A veces anhela un momento de tranquilidad pero siente que es imposible debido a las exigencias de la vida cotidiana, otras personas, etc.? Incluso en una habitación llena, puede lograr paz y tranquilidad enfocando su atención en un punto profundo de su vientre, y respirando lenta y rítmicamente. Luego de un rato, su entorno se desvanecerá un poco, dándole un alivio del constante ruido del mundo. Cuando esté listo para enfrentar de nuevo el ritmo agitado de la vida, lleve su conciencia a un punto justo debajo de su ombligo, y siéntase una vez más enfocado y consciente.

Regocijo

Escriba la palabra "regocijo" con creyón o bolígrafo rosado sobre papel amarillo subido, doble el papel, y luego cárguelo con energía mágica. Llévelo con usted, o póngalo en su santuario, e irradiará en su vida energía estimulante.

Relajación

Llene una bañera caliente y profunda, en la cual debe echar sal, toronjil picado y un pequeño cuarzo rosado. Ponga velas rosadas o rojas alrededor del cuarto de baño y enciéndalas. Antes de meterse en la tina, coloque sus manos sobre ella y visualice una cálida luz dorada rosácea saliendo de sus palmas y dedos hacia el agua. Cuando se encuentre en la bañera, imagine que es envuelto con sentimientos felices, que toda tensión sale de usted y es reemplazada con alegría. Después podría envolverse en una toalla lanuda hasta quedar seco, luego reposar en un lugar cómodo y comer algo especial que lo haga sentir consentido (¡los amantes de los chocolates saben a qué me refiero!).

Remembranza

Si va a estar separado de un ser querido durante un tiempo considerable, déle una foto de los dos, junto con una ramita de romero. Tome la foto y la ramita, y diga: "Recuérdame mientras estés lejos, que el corazón sea cada día más amoroso". La fotografía y la hierba deben ser mantenidas juntas. Cada vez que la foto sea vista, el romero hará la magia llevando su imagen clara a la mente del ser amado, aliviando parte del dolor de la separación. Por supuesto, una fotografía nunca podrá tomar el lugar de su presencia en vivo, pero este recordatorio mágico lo hará parecer muy real. También asegúrese de tener el permiso de la otra persona para este hechizo; no hay nada más inquietante que ser el receptor de energías inesperadas de otra persona, sin importar qué tan estrecho sea el lazo entre los dos.

Renovación

Para renovación en una situación, prenda velas de un matiz verde primavera. También podría cargar o usar una piedra verde como la esmeralda, el peridoto o la venturina.

Risa

Reír es bueno; ejercita el corazón, llena de felicidad el organismo y mantiene los músculos faciales flexibles y libres de torceduras. Sin embargo, si nos sentimos mal o deprimidos, incluso libros divertidos y comedias pueden fallar en su intento de generar risa. Debemos conseguir la ayuda de Júpiter, el dios de la jovialidad.

Un jueves, prenda velas de color morado y azul real, luego pídale a Júpiter que lo ayude a vencer sus emociones negativas y a liberar más risa en su vida.

También podría cargar o usar lapislázuli, la piedra de Júpiter, para aumentar el optimismo y la jovialidad.

Ruido

Si tiene vecinos ruidosos o es perturbado por música fuerte, griterío o el sonido repetitivo de motores de carro girando cuando está tratando de dormir o trabajar, debe crear una imagen mental de su mano usando un regulador de volumen para bajar la intensidad del ruido. Esto en realidad puede funcionar. A menudo la perturbación misma se disipa o reduce, o repentinamente dejamos de ser conscientes de ella.

Runas

Las runas, que tuvieron su origen en el Norte de Europa, forman un antiguo alfabeto. Hay veinticuatro letras, cada una con un significado mágico o vital específico. Estudie las runas (hay muchos libros disponibles sobre el tema, y usted puede comprar o hacer runas fácilmente). Si descubre que una runa en particular se ajusta a un propósito que tiene en mente, dibújela en un papel o píntela en una piedra pequeña o un trozo de madera y cárguela en un bolsillo o saquillo medicinal. Atraerá energías que cumplen su significado en su vida. Algunos ejemplos son: *Othel* para proteger la propiedad; *Yr* para protección hasta que pase un peligro en particular; *Thorn* para protección general; *Tir* para éxito o victoria; *Wynn* para alegría; *Ken* o *Peorth* para suerte y oportunidades. Como con toda magia, asegúrese de pedirle a las runas que actúen de tal forma que no le causen daño a usted mismo ni a otras personas. Puede combinar dos o más runas para hacer una inscripción o encanto; muchas personas usan anillos con una serie de runas para representar salud, felicidad, amor y otras cualidades comúnmente buscadas.

Sabiduría

La verdadera sabiduría no puede ser obtenida por medios mágicos. Sin embargo, este hechizo puede ayudar a crear el estado mental para escuchar al guía interior. Es mejor hacerlo un jueves, pero el hechizo funciona en cualquier día del ciclo lunar.

Consiga una vela color violeta e inscriba en ella el símbolo de Júpiter, que es ♃. Enciéndala y siéntese un rato en meditación. Pídale a su guía interior que le muestre las elecciones correctas que debe hacer en la vida, y cómo seguir su verdadero camino espiritual. Repita estas acciones cada jueves hasta que la vela se consuma por completo. Luego olvídese del hechizo y continúe con su vida cotidiana, confiando en que estará abierto a la voz de la verdad cada vez que deba hacer elecciones importantes.

Scrying

Scrying es el acto de usar una superficie reflexiva o móvil, tal como el fuego, humo, agua, un espejo o una bola de cristal, para estimular la clarividencia. Si tiene herramientas para llevarlo a cabo, tales como un espejo de hechicero o una bola de cristal, deben ser lavadas en una infusión de artemisa cada Luna llena, y guardadas envueltas en seda negra cuando no sean usadas. Nunca las deje descubiertas bajo la luz del Sol.

Sensualidad

Si desea aumentar la sensualidad en su vida, o entre usted y alguien más, encienda unas velas rosadas. Si desea también acentuar los efectos, hágale un altar a Afrodita encendiendo velas de color dorado y rosado subido, en medio de rosas rojas o rosadas sobre un estante o santuario.

Salud

Cargue hojas de espino en su bolsillo o en un saquillo medicinal para proteger su salud. Un espino sembrado cerca de la casa también protegerá su hogar.

Tarot mágico

Muchas personas están familiarizadas con las cartas del tarot y sus significados. Aparte de su uso más popular como herramienta de adivinación, también pueden ser utilizadas mágicamente. Los hechizos que he presentado para embarazo, fuerza y justicia demuestran esto. Entre otras cartas que pueden ser empleadas se incluyen: la rueda de la fortuna para originar mejores circunstancias; el Sol para aumentar la felicidad o el optimismo; el ermitaño para contemplación interior; el as de pentáculos para transacciones comerciales exitosas, además de compras por placer; el seis de bastos para éxito. Examine el tarot y encuentre cartas que puedan ser usadas para sus objetivos mágicos.

Tensión

Si se está sintiendo nervioso, frotar suavemente aceite de lavanda en sus sienes puede ayudarlo, pero tenga cuidado de usarlo con moderación para que no gotee en sus ojos. Tomar té de camomila también es bueno, al igual que inhalar el aroma de flores de matricaria trituradas.

El siguiente procedimiento simple de magia simpática también puede ayudar: tome una cuerda delgada y enróllela haciendo una bola compacta, dejándola lo más apretada posible. Anúdela para evitar que se desenrolle. Ahora cójala con ambas manos y literalmente transmítale sus sentimientos de tensión. Cuando sienta que ha hecho suficiente, desate la cuerda y desenrédela lentamente, imaginando que su nerviosismo también se está liberando. Debe sentir una mayor sensación de tranquilidad mientras hace esto. mentalmente y verá cómo la negatividad es arrastrada por el líquido.

Tentación

¿Hay algo a lo que quiere resistirse o renunciar por completo? Por supuesto, necesita fuerza de voluntad, pero ésta por sí sola a menudo lo hace luchar contra sí mismo y sentir como un perdedor culpable si cede a sus deseos. En lugar de luchar contra usted mismo, escriba el nombre de lo que está tentándolo, o haga un dibujo de ello. Con un lapicero o marcador rojo, trace una cruz sobre el nombre o dibujo y sujete el papel con un alfiler en un tablero o, usando un imán, póngalo sobre la nevera. Cada vez que se sienta tentado, mire fijamente el nombre o dibujo. Como alternativa, podría esperar la Luna menguante y luego arrancar un pedacito del papel cada día, para luego quemarlo o botarlo.

Transición

Si necesita entrar a una nueva etapa de su vida pero es difícil hacerlo, o siente que su existencia se está estancando, podría ensayar la magia de los árboles. Necesitará una cinta verde, una cinta roja, y algunas ramitas de abedul, que es el árbol del renacimiento.

Diríjase a un lugar donde sepa que crecen abedules y pueda estar seguro e imperturbado. Tome su tiempo para localizar un árbol con el cual sienta afinidad; tal vez lo ve más bello o imponente que los otros, o podría sentir el impulso de acercársele. Siéntese debajo del árbol y conéctese con su energía. Esto puede tomar tiempo, ya que los árboles viven en un ritmo más lento que el nuestro. Sin embargo, el abedul es un árbol sociable, y pronto podría sentir su respuesta positiva, o tal vez termine visualizando una luz dorada-verdosa. Pregúntele al árbol si puede tomar algunas de sus ramitas más delgadas. Si tiene el sentimiento intuitivo de que no es correcto hacerlo, entonces ensaye con otro árbol, o vea si puede recoger algunas ramas tumbadas por el viento. Si las toma del árbol mismo, hágalo con cuidado y moderación, y después agradezca. Si coge sólo los extremos delgados de las ramitas, no afectará al árbol más que lo que experimentamos nosotros al cortarnos el cabello.

Ahora enrolle la cinta roja alrededor del haz de ramitas. Esto representará valor, pasión y propósito. Luego enrolle la cinta verde, comprometiéndose a un nuevo crecimiento. Por unos momentos coja el objeto terminado suavemente con ambas manos, transmitiéndole fuerza y amor. Ahora átelo al árbol, lo más alto posible, en un lugar donde no esté visible para observadores casuales.

Agradézcale la ayuda al abedul. Una forma positiva y útil de mostrar su gratitud es recoger la basura que encuentre en el área, o propagar árboles a partir de su fruto o semillas y sembrándolos en otras partes.

Unidad

Este hechizo ayudará a asegurar un esfuerzo de equipo exitoso, pero debe constatar que todas las partes involucradas desean unirse a la empresa. Tome un haz de palitos o fósforos largos, uno para cada miembro del grupo. Consiga una cinta o un hilo azul para representar armonía, luego átelo alrededor del haz tres veces, diciendo "unidad" en cada vuelta. Tome el haz con ambas manos y visualice todos los miembros del equipo cooperando felizmente y de acuerdo en un mismo esfuerzo. Ahora desate el haz para que libere de compromiso a cada persona, y cualquiera que desee salir del grupo o exprese una opinión diferente tenga la libertad de hacerlo.

Vaguedad

Si está atravesando una etapa en la que se siente distraído, olvidadizo o incoherente, tal vez necesita aumentar el elemento tierra en su vida. Para hacer esto, use colores terrosos como el verde y el pardo, camine en el campo o el jardín, y llene su casa con plantas, rocas y cristales. Entrar en contacto con la tierra lo estabilizará y hará fluir su energía a través de los chakras para que se sienta más equilibrado y seguro.

Valor

Consiga una cinta roja suficientemente larga para atarla alrededor de su muñeca derecha, luego córtela para que quede unas tres pulgadas más larga. Haga nueve nudos a lo largo de la cinta, tan uniformemente espaciados como sea posible, y con cada nudo que haga, concéntrese en el concepto de valor moderado por el amor y la compasión. El nueve es el número

ro de Marte, el dios del valor. Cuando haya terminado, ate la cinta en su muñeca derecha. Déjela ahí día y noche hasta que empiece a sentirse menos temeroso. Para reforzar este hechizo, queme tomillo o albahaca seca mientras hace el trabajo mágico.

Otra forma de estimular la valentía es comer retoños de borraja frescos, o adicionar las flores secas al incienso.

Velas

Las velas son uno de los ingredientes más populares para hacer hechizos, con los colores representando diversas áreas de la vida que podrían ser el objetivo de la magia. Varios hechizos de este libro dan colores para trabajos mágicos, y hay muchas publicaciones en el mercado en las que se pueden estudiar y aprender las correspondencias de los colores.

Las velas pueden ser guardadas en una caja especial u otro recipiente hasta que usted esté listo para usarlas. Primero límpielas levantándolas hacia el lado sur de la habitación, imaginando que son bañadas en una centelleante luz blanca y dorada, y pidiendo que sean liberadas de todas las energías negativas. Luego ponga con ellas unas ramitas de romero o salvia a fin de asegurar que permanezcan frescas, puras y listas para sus hechizos.

Viaje

Si quiere un viaje seguro y placentero, consiga una joya de turquesa, límpiela en una solución de agua con una pizca de sal, luego cójala con ambas manos y repita lo siguiente: "Protéjeme mientras estoy lejos de casa. Guía mis pasos. Dame un viaje seguro". Luego use la joya día y noche hasta que regrese a casa. A lo largo y ancho de los países medio-orientales, las personas cargan turquesa o la cuelgan en sus vehículos como un amuleto que las protege mientras viajan.

Visión

Si está sufriendo de irritación en los ojos debido a demasiado trabajo con la vista (por ejemplo, mirando fijamente una pantalla de computador varias horas), la siguiente es una cura mágica que puede ayudarlo. No está de más decir que la irritación grave de los ojos u otros trastornos visuales requieren investigación médica.

Vierta agua manantial o mineral en un tazón grande, revuelva una pizca de eufrasia (que puede conseguir con herbalistas), luego ponga tres velas flotantes en el agua y enciéndalas. Cuando las velas se hayan consumido, filtre el agua, embotéllela y úsela para hacer cojincillos para los ojos remojando algodón hidrófilo en la solución. Un cojincillo dejado en cada ojo durante veinte minutos, los aliviará y refrescará mientras las energías mágicas actúan interiormente para mejorar su visión.

Visión de rayos X

Si necesita llegar al fondo de algo, o desarrollar la perspicacia en una situación, escriba el concepto en un papel. Mírelo fijamente. Dígase a sí mismo que lo está viendo como si tuviera visión de rayos X. Continúe esto todo el tiempo que pueda, atento a cualquier percepción que surja. Luego queme el papel y olvídese del asunto. Es muy probable que pronto tenga una repentina iluminación concerniente a la situación.

Vitalidad

En ocasiones todos nos sentimos cansados y agotados. Si esto le sucede regularmente, tal vez sea necesario que reestructure su vida para abrir espacio a más recreación y relajación. Si se siente a todo momento agotado sin razón, ¡consulte al médico! Mientras tanto, este hechizo le dará una inyección de energía para estimular de nuevo la vitalidad en su vida.

Necesitará diez velas anaranjadas o doradas, una vela roja, aceite de canela, y un poco de brillo dorado, tal como el usado en tarjetas de Navidad, que puede ser conseguido en muchas tiendas. La vela roja debe ser del tipo en que toda la cera sea de ese color, y no una blanca bañada en cera roja. Debe hacer este hechizo en Luna creciente, para que la energía generada aumente en lugar de menguarse nuevamente. Las horas del día son ideales pero no esenciales.

Encienda las diez velas anaranjadas o doradas y póngalas en círculo alrededor de usted. El diez es un número solar, así que está atrayendo a su vida poder solar energizante. Tenga el brillo al alcance. Ahora pase la vela roja rápidamente a través de una llama de tal forma que la superficie se ablande pero no gotee (sería buena idea poner una hoja de periódico o papel de cocina debajo del área de trabajo). Riegue brillo en toda la cera ablandada. Una vez que la vela esté completamente fría y dura, tome un poco de aceite de canela y frótelo suavemente a lo largo de ella, de la punta al centro y de la base al centro, evitando la mecha.

Mientras hace esto, imagine que está saturando la vela con fuerza vital. Cuando se sienta listo, enciéndala y póngala en un candelero frente a usted. Siéntese y conéctese con las energías vitales que están siendo canalizadas a través de las velas. Vea el juego de luces sobre la resplandeciente vela roja. Véase absorbiendo en su cuerpo toda esta energía y vitalidad. Finalmente, apague el círculo de velas, pero deje que la roja se consuma completamente. En los días y semanas venideros, debería experimentar un aumento de energía y la alegría de vivir.

EPÍLOGO

Para quienes apenas se inician en las prácticas mágicas, espero que este pequeño libro les haya permi-
tido ver que el desarrollo de hechizos es seguro y placentero si son realizados con sentido común e integri-
dad. Hacer magia expandirá sus facultades imaginativas
y le ayudará a quitar obstáculos en diversas áreas de su
vida (asumiendo, por supuesto, que usted deje que
ocurra este crecimiento).

Para quienes la magia ya es una parte activa y valio-
sa de la vida, espero que hayan encontrado nuevas
ideas para que complementen su práctica o estimu-
len la inspiración.

La siguiente sección sobre la formación del círculo
es para los principiantes, o para quienes quieren refres-
car la memoria o ensayar mi método en lugar del que
ya usa. Este procedimiento está basado en el modelo
gardneriano/alejandrino, pero puede ser adaptado o
modificado para gustos o necesidades personales.

Formación del círculo

Necesitará: cuatro velas para las direcciones (las blancas sirven; o amarilla para el Este, roja para el Sur, azul para el Oeste, y verde para el Norte); incienso y una briqueta de carbón en un recipiente antitérmico, o bien un pebete (que queman los chinos en sus templos); fósforos; un tazón de agua; un tazón de sal, un tambor u otro instrumento para generar energía (su voz o aplaudir cumplen tal función); y los elementos que requiere el hechizo.

- Prepárese para el desarrollo del hechizo con un baño relajante y purificador, que marcará la transición entre el mundo cotidiano y el reino de la magia.

- Coloque las velas en candeleros en las partes este, sur, oeste y norte de la habitación (use una brújula si no está seguro de estas direcciones). Ahora pueden ser encendidas.

- Prenda el carbón.

- Párese derecho con los pies ligeramente separados.

- Relájese y empiece a respirar lenta y profundamente.

- Mientras respira, libere toda tensión o ansiedad.

- Sienta que sus pies empiezan a "arraigarse" en el piso y la tierra.

- Comience a hacer fluir energía de tal forma que de usted se descargue en la tierra mientras se reabastece de energía terrestre.

- Rocíe incienso sobre el carbón.

- Tome el tazón de agua con ambas manos e imagine que está siendo llenado con luz purificadora.

- Haga lo mismo con la sal.

- Agregue una pizca de sal al agua, luego revuelva.

- Camine por el contorno de la habitación (o el área de la misma donde va a trabajar), iniciando en el Este o Norte, y rociando agua salada mientras avanza.

- Haga lo mismo con el incensario, echando incienso alrededor del área del círculo deseado.

- Ahora está listo para lanzar su círculo, caminando exactamente como lo hizo con el incienso y el agua; pero esta vez debe extender un dedo e imaginar luz brillante saliendo de él, creando una barrera mágica; o podría visualizar otra forma, por ejemplo un muro o una nube de humo.

- El siguiente paso es equilibrar el círculo caminando hacia cada dirección y visualizando los elementos, pensando en el aire, viento o nubes en el Este; fuego o Sol en el Sur; agua en el Oeste; y tierra o rocas, piedras o cristales en el Norte.

- El último paso antes de desarrollar el hechizo es generar energía mágica tocando el tambor (u otro instrumento musical), aplaudiendo, bailando, cantando o sacudiendo una matraca.

- Ahora realice su trabajo mágico.

- Cuando termine, deberá deshacer el círculo. Haga esto caminando otra vez, iniciando en el Este e imaginando que las cualidades del aire, luego el fuego (cuando llegue a esa parte del círculo), el agua y la tierra se disuelven de nuevo en la mezcla cotidiana de elementos que experimentamos.

- Coma y beba para que se equilibre de nuevo con la tierra y la realidad; de otra manera podría quedar algo aturdido después del trabajo mágico.

A medida que adquiera práctica en el campo mágico podrá leer métodos de otras personas y experimentarlos por sí mismo.

Pautas mágicas adicionales

Hacer hechizos mágicos es muy simple. Si las intenciones son claras, si se cree que el hechizo funcionará, y habiendo elegido la fase lunar correcta (Luna creciente para hechizos de aumento; Luna menguante para hechizos de disminución), la magia tiene todas las probabilidades de tener éxito. He dado unas sugerencias muy específicas en la introducción, y la mayoría de los hechizos del libro le dirá cómo actuar para un propósito particular. Sin embargo, para quienes aún están un poco inseguros o desean más indicaciones, presento unas pautas adicionales. Recuerde, hay abundante información que puede conseguir en libros y la Internet; siga lo que considere apropiado para usted, y si alguien le sugiere hacer algo con lo que no se siente bien, no lo haga, sin importar qué tanto anhele el resultado deseado.

Si genera energía y la dirige hacia un objetivo, dicha energía tiene que manifestarse de algún modo y generalmente lo hará siguiendo la ruta más fácil, a menos que usted construya un canal para ella con sus acciones, pensamientos y palabras —un hechizo desarrollado con cuidado provee tal canal—. Debe dirigir el poder mágico para asegurar que vaya a donde usted quiere. Su tarea es asegurarse de que manifieste una realidad que ha escogido. Por lo tanto necesita mucha concentración y ser preciso con sus palabras, visualización y propósitos. Por ejemplo, si hace un hechizo para conseguir dinero, pero no especifica la cantidad y que llegue a usted seguro, podría encontrarse algunas monedas en la calle, tal vez recibir un paquete de ayuda a desempleados (¡no lo que quería!), o incluso tener algún tipo de accidente por el cual obtiene indemnización —de nuevo, ¡no la forma ideal en que gana su dinero!—. Por otra parte, si tiene cuidado de que las palabras e intenciones de su magia indiquen que ganará una suma de dinero específica para una necesidad particular, y que nadie, incluyéndose usted mismo, sufra o sea privado de algo por el desarrollo de su hechizo, entonces todo debería salir bien.

Ni siquiera piense en hacer hechizos si está muy cansado, enfermo o enojado. En cualquiera de estos casos, el trabajo mágico lo agotará y los resultados pueden no ser muy satisfactorios, o tal vez el hechizo fracase por completo. La magia tampoco es el medio ideal para venganzas. Este tipo de trabajo creará karma negativo para usted, que quizás será experimentado cuando el hechizo se devuelva contra usted.

He dicho esto antes en el libro, pero vale la pena repetirlo aquí: si actúa contra el libre albedrío de otra persona, intencionalmente hace un hechizo que privará a alguien de algo para su beneficio, o desarrolla un hechizo curativo u otra forma de trabajo mágico en nombre de alguien sin su permiso, no estará actuando con ética y lo que hace es posible que retorne a usted para su perjuicio. La magia está gobernada por poderosas reglas morales que ha roto, sin importar qué tan generosas hayan sido sus intenciones originales.

En realidad, hacer hechizos es mucho más sencillo de lo que supone si ha visto algunas de las pelí-
culas y programas de televisión más dramáticos que
tratan el campo de la hechicería. Primero debe limpiar elementos del hechizo tales como velas, cuerdas
o semillas: el hechizo de purificación de la página 104
le mostrará cómo hacerlo. Es su decisión lanzar o no
un círculo para trabajar dentro de él. Un hechizo
hecho en grupo, para el cual debe ser generada mucha
energía, es desarrollado mejor en un círculo, mientras muchos hechizos simples son realizados eficaz-
mente dondequiera que nos encontremos (incluso
puede, cuando lo necesite, hacer magia en un lugar
público concurrido si es discreto y expresa sus con-
juros mentalmente). Algunos hechizos requieren que
se les dirija energía. Esto es más fácil de lo que usted
podría pensar. Tal vez necesite generar energía con
cualquiera de los métodos presentados en la introducción; por ejemplo, frotar las manos rápida y fuer-
temente por unos momentos, producirá suficiente
energía para un hechizo con velas. La parte principal
de cualquier trabajo mágico, la parte que hace el trabajo más importante, es el propósito dirigido con la
visualización. Primero imagine que el resultado deseado ya es una realidad en su vida, y por un rato visualice cómo serán las cosas cuando dicho objetivo sea

logrado. Luego imagínese dirigiendo energía al hechizo mismo. Por ejemplo, si se ve bañando un tazón de semillas en luz verde para ayudarlas a crecer, a nivel etérico eso será exactamente lo que sucederá. Es así de simple. Si encuentra difícil la visualización, entonces diga: "Estoy dirigiendo luz verde en este tazón de semillas", y exprese esto con resolución, y el resultado será el mismo.

La forma de magia usada más comúnmente, y a menudo la más efectiva, es la magia simpática. Con ella, los hechizos usan elementos que imitan o aluden al resultado deseado. Si quiere fertilidad, podría prender una vela de cera de abejas, ya que éstas son vistas como criaturas fértiles, o coma huevos o ingiera algún tipo de grano cosechado. Si desea terminar un vínculo, coja un trozo de hilo o cuerda para representar la relación y divídalo, botando luego las dos mitades separadamente. Para unir dos personas, podría anudar una cuerda o amarrar dos hilos. Vale la pena buscar correspondencias mágicas ya que puede mejorar su trabajo eligiendo colores compatibles para velas, o aromas para aceites o incienso, tipos de hierbas, etc. Revise todas las fuentes posibles (descubrirá que a veces tienden a contradecirse), luego use su intuición y decida qué es conveniente para el hechizo en particular. Trate de formar sus propios juegos de correspondencias . . . simplemente siga lo que considera apropiado. Si quiere llevar más lejos esto, estudie correspondencias para las horas del día, los días de la semana, las diferentes fases lunares, el ciclo de estaciones. Revise la mayoría de hechizos de este libro para ver qué tan simpática es usada la magia. Aunque la magia exitosa puede ser desarrollada sin incluir estos factores, emplearlos puede adicionar poder y precisión para perfeccionar sus hechizos.

A medida que gane confianza con la magia y adquiera más destreza, descubrirá su forma particular de trabajar y empezará a crear sus propios hechizos. Hasta entonces, tome las cosas con calma, haga un paso a la vez y, por encima de todo, haga todo con alegría.

GLOSARIO

Afrodita: Diosa griega del amor.

Albahaca: Hierba aromática de hojas verdes y tiernas.

Amonita: Animal marino fosilizado y de forma espiral.

Angélica: Planta alta de hojas verdes grandes. Los tallos son cristalizados en azúcar y usados en decoración de pasteles y confitería. La leyenda dice que en un sueño la angélica fue revelada por un ángel como una cura para la peste. Es una planta protectora.

Árbol de la vida, el: Antiguo modelo de desarrollo espiritual en el cual se basa la cábala.

Artemisa: Diosa griega de la caza. Es renombrada por su destreza física y su independencia.

Artemisa: Planta de flores grises plumosas. Es cocida para hacer una infusión que puede ser usada para limpiar herramientas adivinatorias. Quemada como incienso, estimula sueños o visión clarividente, pero también puede generar pesadillas.

Athame: Cuchillo embotado de doble filo y con mango negro. Es usado por hechiceros para dirigir energía cuando lanzan un círculo ritual, o para canalizar el poder de un hechizo.

Aura: Campo energético que rodea las cosas vivientes. Es invisible para la visión normal, pero puede ser percibida por quienes tienen capacidades psíquicas desarrolladas.

Avalokitesvara: Ser tibetano que muestra misericordia y compasión.

Beltane: El festival de mayo céltico.

Betónica: Planta con raíces leñosas, hojas en forma de corazón y flores de color rosado purpúreo. Se creía que era una cura para todo además de poseer propiedades protectoras.

Bolline: Cuchillo de mango blanco usado por hechiceros para cortar hierbas, inscribir en velas, etc., pero sólo dentro de un círculo ritual.

Borraja: Planta de hojas y tallos vellosos y pequeñas flores azules. Puede ser consumida o usada en trabajos mágicos.

Budismo: Religión no teísta que se originó en la India y se diseminó por todo Oriente. Enseña compasión, amor, paz, responsabilidad personal y la forma de alcanzar la iluminación espiritual.

Calderón: Receptáculo metálico, por lo general de hierro fundido, usado para preparar comida. Los hechiceros lo usan para contener velas o materiales del hechizo. Representa la matriz y es un símbolo de la Diosa. Corresponde al elemento agua.

Cáliz: Vasija en forma de copa usada en el ritual para servir vino, jugo o agua. Es un símbolo de la Diosa y la matriz. Corresponde al elemento agua.

Canela: Especia culinaria usada en hechizos de dinero.

Citrino: Cuarzo anaranjado o amarillo oro.

Clarividencia: La capacidad de percibir imágenes no observadas con la visión normal.

Craft: Un nombre utilizado para la hechicería tradicional (witchcraft).

Chakras: Puntos energéticos en el aura que corresponden a ciertas partes del cuerpo.

Dios cornudo, el: Dios con cuernos de los antiguos bosques europeos. A veces conocido como Herne. También puede referirse a dioses con cabeza de cabra o carnero, tales como Pan.

Dios, el: Principal deidad masculina pagana. Puede ser un dios Sol, un dios cazador cornudo.

Diosa, la: Principal deidad femenina pagana. Puede ser la gran madre de tiempos neolíticos, o un concepto no nombrado de la diosa.

Elementales: Las energías universales de tierra, aire, fuego y agua, pero personificadas para entenderlas e interactuar mejor con ellas.

Éter: Energía invisible que penetra y contiene la vida. En el trabajo mágico representa el espíritu.

Etérico: De éter. Usado para describir la energía generada para emplear en hechizos y rituales.

Feng shui: Sistema de energía chino, donde el contenido de la casa o la oficina es colocado de tal forma que aproveche el mejor flujo energético.

Firewall (cortafuego): Sistema protector de computadores. Puede venir en el hardware o el software. Su propósito es prevenir la entrada no autorizada de hackers en computadores personales.

Freya: Diosa nórdica semejante a Afrodita.

Ganesa: Dios hindú con cabeza de elefante. Es el guardián de las puertas (mental, emocional, física y espiritual) y el encargado de la eliminación de obstáculos.

Geranio: Flor acre con hojas de olor dulce pero astringentes.

Grounding (centrarse y conectarse con la tierra): Equilibrar energía a través de los chakras antes y después del trabajo mágico o psíquico. Puede referirse a centrar el ser cuando nos sentimos despistados o distraídos.

Hermes: Dios mensajero griego con pies alados.

Incensario: Recipiente metálico, cerámico o de terracota, en el cual es quemado el incienso.

Júpiter: Dios romano. Conocido por la jovialidad.

Karma: El concepto oriental de las leyes universales de causa y efecto. Lo que hacemos regresa a nosotros para bien o para mal. Lo que no equilibremos en esta vida, estará esperándonos en una futura encarnación.

Ken: Runa nórdica.Representa abertura u oportunidad.

Kwan Yin: Diosa china de la compasión. A veces es llamada Kwannon.

Kwannon: Vea la entrada anterior.

Lammas: Fiesta sajona de recolección de la cosecha en agosto.

Libro de las Sombras: Un libro llevado por hechiceros para registrar rituales, hechizos y otros trabajos mágicos.

Lughnasadh: Fiesta céltica de recolección de la cosecha en agosto, dedicada a Lugh, dios de la luz.

Mano de Fatima: Amuleto del Medio Oriente usualmente hecho de plata. Muestra una mano con un ojo en la palma.

Marte: Dios romano de la guerra y la destreza física.

Matricaria: Margarita como hierba, que puede aliviar el dolor de cabeza.

Mercurio: Equivalente romano de Hermes, el dios mensajero griego.

Molusco: Animal con concha tal como el caracol.

Ojo de Dios: Abalorio de cristal azul con un diseño similar a un ojo. Usado como método de protección en Grecia y Turquía.

Ojo de Horus: Ojo egipcio que representa un ojo del dios halcón Horus.

Orégano: Hierba culinaria acre.

OS X: Sistema operativo para computadores Apple Macintosh.

Othel: Runa nórdica que significa posesiones.

Pentaclo: Disco hecho de metal, madera, cerámica, etc., en el cual está inscrita la estrella pentagrama de cinco puntas. Una de las herramientas de la hechicería, perteneciente a tierra.

Peorth: Runa nórdica que representa una suerte de dados, y por lo tanto tomada para significar azar.

Romero: Una hierba culinaria astringente y fragante. Asociada con remembranza.

Runas: Alfabeto nórdico de 24 letras inscrito en pequeñas tablas. Es usualmente empleado en adivinación.

Saquillo medicinal: Una pequeña bolsa en la cual son guardados objetos personales de un valor sagrado o protector. Usualmente es colgado en el cuello o llevado en otra parte del cuerpo.

Scrying: Método de adivinación que requiere que la persona mire fijamente una superficie, tal como cristal, espejo, humo, agua o metal.

Tara: Diosa tibetana de la compasión.

Tarot: Sistema de adivinación que emplea cartas, por lo general 78, utilizando imágenes para obtener información.

Thorn: Runa nórdica de protección.

Tir: Runa nórdica que representa victoria.

Tomillo: Hierba aromática usada en cocina.

Turmalina: Mineral semiprecioso. Se encuentra en matices de rosado, rojo y verde.

Varita (mágica): Una longitud de metal, madera o cristal usada en la práctica mágica para dirigir energía.

Venturina: Piedra cristalina verde y opaca.

Venus: Versión romana de Afrodita, diosa del amor.

Wynn: Runa nórdica que significa alegría.

Yin/Yang: Concepto taoísta de equilibrio basado en la resolución de opuestos. Una metáfora espiritual.

ÍNDICE

LLEWELLYN ESPAÑOL

lecturas para la mente y el espíritu...